Vente a casa

Jordi Nopca
Vente a casa

Libros del Asteroide

Primera edición, 2015
Título original: *Puja a casa*

Publicado por Libros del Asteroide S.L.U.
Avió Plus Ultra, 23
08017 Barcelona
España
www.librosdelasteroide.com

ISBN: 978-84-16213-36-8
Depósito legal: B. 4.474-2015
Impreso por Reinbook S.L.
Impreso en España - Printed in Spain
Diseño de cubierta: Jordi Duró
Diseño de colección: Enric Jardí

Este libro ha sido impreso con un papel ahuesado,
neutro y satinado de ochenta gramos, procedente de bosques
correctamente gestionados y con celulosa 100 % libre de cloro,
y ha sido compaginado con la tipografía Sabon en cuerpo 11.

A mi abuelo Josep,
que nunca se irá del todo

Índice

No te vayas

«Dentro del escaparate una hermosa mujer
estaba tendida sobre un colchón de muelles.»
Boris Vian, *La espuma de los días*

Hoy es 5 de enero, último día de la campaña de Navidad. Esta noche los Reyes Magos llenarán las casas de regalos y pasado mañana empiezan las rebajas. En el Bulevard Rosa del paseo de Gracia, la mayoría de tiendas han estado abarrotadas toda la jornada: incluso entre las dos y las cuatro de la tarde, hora de comer, la afluencia de clientes ha sido notable. A las cinco, como ha ocurrido todos los días desde hace casi tres semanas, en la pequeña plaza del centro comercial han aparecido dos chicas con camisetas rojas cargando dos bidones metálicos, que han instalado dentro de una caseta de madera sintética. Mientras llegaban, el rojo de las camisetas y la juventud de quien las llevaba han llamado suficientemente la atención como para que algunos compradores saliesen de las tiendas e hiciesen cola delante de la caseta. Habían tenido tiempo de sobra para aprenderse la lección: eran las cinco de la tarde, el momento ideal para tomarse gratis una taza de chocolate caliente. Una de las chicas ha tardado apenas dos minutos en levantar la persiana de la caseta. Cuando lo ha hecho, ya tenía media docena de personas dispuestas a beneficiarse de la promoción, que acabará exactamente al cabo de cuatro horas y cincuenta y siete minutos. Dentro de dos días llegará el momento de hacer balance con el hombre que las ha contratado: durante la campaña de Navidad, las chicas habrán repartido casi cuatro mil raciones de chocolate caliente, un auténtico éxito.

En todo este tiempo, debido a la buena acogida de la promoción, casi no les ha hecho falta pregonar los eslóganes corporativos. Es cierto, en cambio, que a veces han tenido que suplicar un poco de paciencia a la cola de hombres, mujeres, abuelos y niños hambrientos que tenían delante. *El bidón tardará unos cinco minutos en calentarse.* Siempre que dan esta información se producen dos o tres deserciones. Hoy, sin embargo, todo el mundo aguanta el tipo. El chocolate es una recompensa necesaria al *sprint* de las últimas compras.

Míriam observa la acción de *marketing* desde el mostrador de la minúscula tienda de ropa donde trabaja. Hoy debería ser su último día, pero, el sábado, su jefa —y propietaria del local— le comunicó que contaba con ella hasta finales de enero.

—Estas rebajas van a ser la bomba. Ya lo verás. Me parece que hasta tendré que contratar a otra *niña* —le prometió.

Ella hizo un gesto afirmativo con la cabeza. Era la primera vez que trabajaba en una tienda de ropa y se tomaba las palabras de la propietaria como la homilía de un cura en una época menos descreída que la actual. Cuando llegaba a casa, procuraba olvidar la doctrina, que consideraba estúpida —¿por qué la seguía llamando «niña» si lo cierto era que la trataba con tan pocos miramientos?—, y se dedicaba un rato a perseguir su futuro laboral: mientras aguardaba la posibilidad de convertirse en profesora asociada de historia del arte, intentaba encontrar trabajo en un museo o en una galería. Todavía disponía de la ayuda económica de su padre, historiador de renombre, pero desde hacía unos meses quería ganarse la vida por sí sola. Harta de mandar currículums a través de webs de bolsas de trabajo, a principios de diciembre se había decidido a probar suerte en el comercio de proximidad. La misma web que no le conseguía nada ni remotamente relacionado con su formación le había permitido llegar, sin demasiado esfuerzo, a la tienda del Bulevard Rosa donde había terminado siendo contratada. En una brevísima entrevista, la propietaria había comprobado que tenía un nivel funcional de inglés y francés y, sobre todo, que su presencia era la ideal para el trabajo que había de desempeñar: ojos verdes, sonrisa fácil, cintura estrecha y unas largas piernas que harían las delicias de los clientes siempre que le tocase salir de detrás del mostrador para recorrer el establecimiento en busca de unos pantalones o tuviese que subirse a la pequeña escalera que le permitía alcanzar los neceseres de colores chillones dispuestos en el último estante, el más alto e inaccesible.

Míriam vivía sola desde finales de octubre en un piso destartalado de Sant Antoni. Había celebrado que tenía trabajo con una botella de cava que Ramón, su ex, no se había llevado al irse de casa. Después de beberse dos copas, había llamado a su padre para comunicarle la buena noticia. Él la había felicitado con corrección, le había recordado que perseverase en «el lance laboral» y le había prometido que un día iría a verla. No había quedado claro si la visita sería al piso o a la tienda. Al final, no había hecho ni una cosa ni la otra, quizá porque ya tenía suficiente con que se vieran el día de San Esteban: los dos habían comido con sus abuelos en un restaurante caro de Sarrià. La noche de la llamada, su padre había colgado el teléfono y había seguido trabajando tranquilamente en el ensayo sobre el Sitio francés de Barcelona de 1697 que pretendía publicar en un par de años. Ella había dejado el cava que le había sobrado en un rincón de la nevera. La botella sigue ahí, medio llena y desbravada. Cuando Míriam abre la nevera y la ve, piensa en Ramón. Solo le vienen a la cabeza malos recuerdos. Los últimos días de convivencia, fríos, desasosegantes y agónicos. La discusión final, en cuyo transcurso había salido la *verdad* que desde hacía semanas se cocinaba: alguna tarde, antes de volver a casa, se encontraba con una arquitecta. *Dime que es mentira, si te atreves. Dímelo, hijo de puta.* O la mañana que había hecho las maletas y se había largado para siempre. Llovía a cántaros y, con cada viaje que él hacía del coche a casa, crecía el rastro de pisadas en el pasillo. En vez de limpiar el parqué, Míriam había preferido que la marca del *hijo de puta* se fuese desintegrando sola. Había esperado hasta el fin de semana para borrar a Ramón del piso. Esa noche, arreglada para salir con sus amigas —dispuesta, en principio, a hacer lo que hiciera falta con quien fuese necesario—, había bajado una bolsa de basura con objetos que relacionaba con su expareja y no soportaba tener cerca ni un minuto más. La dejó al lado del contenedor, por si alguien quería quedarse con algún disco de Kiss, Dire Straits y Joe Cocker o con alguna película de acción de los noventa, con la lámpara halógena del despacho o con el delantal que le había regalado cuando llevaban dos semanas viviendo juntos. Había vuelto a casa a las cuatro de la madrugada, sola, y después de comprobar que la bolsa de basura había sido perfectamente saqueada, vomitó sobre ella parte del alcohol que había tomado.

Veinte minutos después de empezar a repartir vasitos de chocolate caliente, una de las dos chicas sale de la caseta para ir a buscar el tercer bidón a la furgoneta de la empresa, estacionada en el aparcamiento que queda a dos minutos del Bulevard Rosa. Con suerte, uno de los guardias de seguridad que pululan por el centro comercial se ofrecerá a cargar el peso. *¿Te ayudo, guapa?* En los pequeños intervalos de tiempo en los que no tiene que atender a nadie, Míriam estudia la acción de *marketing*. Son solo las cinco y media y la caja que han hecho hoy es extraordinaria, pero a ella le da igual. Todavía queda media hora para que llegue su Robin Hood, pero ya le sudan las manos y le tiembla un párpado. El primer síntoma suele aparecer antes de quedar con un chico que le gusta. El segundo solo hace acto de presencia minutos antes de empezar un examen decisivo o cuando visita a su madre en el pueblo. Tampoco la preocupan demasiado, porque sabe que se esfumarán cuando venga el chico.

Lo llama Robin Hood porque tiene una mirada inteligente, es menudo y le parece que podría esconder a un héroe en su interior. Y también por la constancia. Desde que hace nueve días apareció de la nada, tímido y dispuesto a encontrar una gargantilla para su hermana pequeña, no ha dejado de visitar la tienda todas las tardes, con la sola excepción del primer día del año, por ser festivo.

—No tiene mérito. Me viene de camino. Y así te distraigo un poco —le ha dicho más de una vez, con una breve sonrisa que pretende inspirar confianza.

¿De camino adónde? Eso es lo que ella le habría preguntado, si no fuera porque intuía que la heroicidad de su Robin Hood tenía algo que ver con ese trayecto. Era el mismo tipo de presentimiento que le había permitido adivinar, cuando estudiaba historia del arte, que Egon Schiele había muerto joven y que Vladímir Maiakovski se había suicidado. Si todo iba bien, tendría tiempo de averiguar hacia dónde se dirigía Robin. A Míriam le gustaba sentirse observada, protegida por el mostrador de la tienda, calentándose las manos con el vasito de chocolate caliente que muy educadamente le había llevado el chico. Lo que más le gustaba de él eran sus ojos, expresivos y de color avellana, y sus manos, finas, recorridas por venas poco marcadas.

El primer día se quedó la gargantilla que más le gustaba a ella.

—¿Cuántos años tiene tu hermana? —le preguntó mientras iba sacando género de los cajones minúsculos que a menudo se atascaban (por suerte, no fue el caso).

—Veintidós. No: veintitrés.

—Veintitrés. ¿Y le has regalado alguna joya antes?

Robin Hood abrió los ojos exageradamente: las únicas joyas que debía haber visto habían acabado entregadas a los pobres después de un ataque contra algún señor feudal envilecido por la codicia.

—No... No me acuerdo.

—Estoy convencida de que si le hubieras regalado alguna te...

—Una vez le compré unos pendientes. Pero hace años. Eran dos pájaros de plata.

—Entonces le gustan los animales.

—Especialmente los pájaros.

Míriam le enseñó una gargantilla que mostraba, desplegadas en la parte que caería sobre el escote, tres golondrinas con las alas abiertas. Él frunció el ceño. ¿Cuántos años tendría la dependienta? ¿Veintiocho? ¿Treinta, quizá?

—También tengo este otro —continuó, sacando del mostrador otro colgante con un petirrojo gordito—. Este es muy simpático, ¿verdad?

—Psé...

Pero Robin Hood seguía poniendo cara de circunstancias. Había que abandonar cualquier tipo de representación animal. Después de un par de propuestas barrocas, Míriam le enseñó una gargantilla minimalista que tenía una pequeña lámina dorada en el centro, serena y majestuosa.

—Esta es especial —dijo él.

Míriam le dio la razón asintiendo un par de veces. Reprimió a tiempo unas palabras que la habrían delatado: es mi favorita.

—¿Crees que le gustará?

—Si tiene buen gusto... —dijo sonriente—. En el caso de que no termine de gustarle, podemos cambiársela sin problemas. En principio tiene quince días, pero si viene antes de un mes, no pasaría nada.

Satisfecho por el asesoramiento, Robin Hood pagó con tarjeta de crédito, lo que permitió que Míriam leyera el nombre del cliente: Antoni. Se lo guardó en un rincón del cerebro mientras él tecleaba el pin de la tarjeta. También lo vio, pero lo olvidó enseguida.

—Muchas gracias —dijo al devolverle la tarjeta y una copia del recibo.

—Gracias a ti.

Robin Hood habría podido dar media vuelta y desaparecer por siempre jamás. Hizo el gesto de marcharse, pero solo ladeó la cabeza en dirección a la plaza desde donde el par de chicas de la acción de *marketing* repartían vasitos de chocolate caliente. Había una cola de más de veinte personas.

—Cuánta gente —dijo con un controladísimo toque de desdén.

—Todas las tardes igual. Regalan chocolate caliente.

—Interesante.

Robin Hood detestaba el chocolate: si tomaba, le daba dolor de cabeza. Habría soltado un comentario sarcástico, pero Míriam se le adelantó.

—Si no trabajase, creo que yo también haría cola todas las tardes. Chocolate caliente, ¡uau! Me encanta.

El entusiasmo de Míriam por el dulce no era incompatible con la devoción académica por la obra de Lucian Freud. La carne flácida y cetácea de los retratos del pintor inglés le había interesado tanto que le había dedicado su tesis doctoral. Y, al mismo tiempo, mientras vivía con sus padres había sido capaz de cualquier sacrificio doméstico —lavar los platos, tender la ropa, sacar la basura— para conseguir una ración extra de tarta o galletas.

—¿Quieres un poco?

Robin Hood la miraba con ojos vivaces, pero, al mismo tiempo, impregnados de tristeza.

—¿Quieres que te traiga un vasito?

—Hay mucha cola.

—No tengo prisa. Me había reservado toda la tarde para comprar el regalo de mi hermana.

—Como quieras. ¡Gracias!

El chico esperó un cuarto de hora para conseguir la ración de Míriam. Ella le echaba un vistazo cada vez que acababa de atender a alguien. Era pequeño, sí, pero bien plantado. Quizá llevaba el pelo un poco largo, pero le gustaban las dos hileras de dientes minúsculos de un blanco impoluto. Los había visto cuando, satisfecho por haber encontrado la gargantilla, había sonreído: seguro que no fumaba.

Robin Hood le llevó un vasito de chocolate caliente con un sobre de azúcar y una cuchara. Ella le dio las gracias —repitió la palabra tres veces— y él respondió antes de irse que no era para tanto. Al día siguiente, apareció por la tienda a las ocho, la hora en que solía recibir una breve visita de la propietaria. Se esfumaba en cuanto confirmaba que las ventas iban a buen ritmo y que no había tenido ningún problema.

—Pasaba por aquí y se me ha ocurrido que quizá te apetecía un poco de chocolate.

Míriam puso cara de circunstancias.

—No sé si es una buena idea: mi jefa está a punto de llegar. Siempre aparece sobre esta hora, pero no tarda mucho en marcharse.

—¿Quieres que venga dentro de un rato? —dijo él. Como la cola era más larga que la del día anterior, dijo—: Me parece que hoy tengo para una media hora. Seguro que cuando llegue yo, ella ya se habrá ido.

—Quizá sí.

—Entonces, ¿quieres chocolate o no?

—Sí.

—¡Lo sabía! —exclamó Robin Hood, levantando el pulgar en señal de aprobación.

Salió de la tienda como un cohete. La rapidez y el descontrol hicieron que estuviera a punto de chocar con un maniquí que había en la entrada. Míriam, que también estaba bastante nerviosa, tocó sin querer un botón del teclado y se las vio y se las deseó para recuperar la configuración inicial del programa de venta. Por suerte, cuando apareció la propietaria, había resuelto el embrollo y a Robin Hood todavía le quedaba un buen rato de cola. Amenizaba la espera con la lectura de un libro delgado cuya cubierta tenía una foto en blanco y negro de un hombre. No conseguía leer ni el título ni el nombre del autor.

El chico tuvo la delicadeza de esperar al lado de la puerta de la tienda hasta que Míriam le dio permiso para entrar.

—Muchas gracias.

—No tiene importancia. Me viene de camino. Y así me distraigo un poco.

Míriam dejó el vasito de chocolate caliente sobre el mostrador —quemaba demasiado— y, cuando levantó la vista, Robin Hood le decía adiós con la mano. A su lado, una mujer reclamaba la atención de la dependienta:

—¿Quieres venir un momento? —chilló—. No sé si estos pantalones me quedan bien.

La impresión de la mujer era la correcta: sus caderas quedaban embutidas en la tela vaquera y su culo parecía una manzana a punto de caer del árbol.

—Voy enseguida.

Robin Hood ya cruzaba la plaza del centro comercial, huyendo a buen paso hacia un lugar desconocido.

Al día siguiente, domingo, apareció en la tienda a las seis en punto. Era una buena hora. Pudieron hablar cinco minutos sin que ningún cliente los interrumpiera. Se presentaron oficialmente (Toni, Míriam), dijeron sus edades respectivas (treinta, veintiséis) y la carrera que habían estudiado (humanidades, historia del arte). Míriam le agradeció una vez más las visitas y él le repitió la misma fórmula del día anterior, la que continuaría utilizando siempre que la chica mencionase el detalle de llevarle el vasito de chocolate caliente.

—Es la primera vez que cuando digo qué carrera he estudiado no me preguntan cuál es mi artista favorito.

—También te lo podría preguntar.

—Y yo te pondría a prueba. Te diría: Emil Nolde y Martin Kippenberger. Con un poco de suerte ubicarías a Nolde en el expresionismo alemán de principios del siglo XX.

—Si no supiera quién es Kippenberger... ¿te parecería muy grave?

Robin Hood sonreía, enseñando los colmillos minúsculos: sin duda era un zorro, uno de los animales que más intrigaban a Míriam. Depredador pero elegante. Misterioso y entrañable a la vez. La chica dijo que Kippenberger era una prueba iniciática, no tanto porque el otro tuviese que conocer la obra del artista sino porque implicaba estar dispuesto a escuchar cinco minutos de discurso sobre *die Neue Wilde*, las transvanguardias europeas de los ochenta y las provocaciones divertidas del alemán, como esa vez que hizo una escultura de una farola para borrachos: en vez de ser recta, dibujaba una enorme letra ese, pensada para adaptarse al cuerpo doblado de todo aquel que hubiera bebido demasiado.

—Es una prueba muy fácil de soportar. Creo que hasta resulta tentadora —precisó él—. ¿Mañana abriréis?

—Solo cerramos el día 1. Y el 6. Pero el 6 ya es la semana que viene.

Sin pedirle si quería chocolate caliente, Robin Hood salió de la tienda de ropa y aprovechó que había menos cola que los otros días para conseguir un vasito.

Al día siguiente volvió a aparecer a las seis en punto, pero con la ración de chocolate en las manos.

—Hace tantos días que te traigo chocolate, que me han entrado ganas de probarlo —le hizo saber, a punto de dar un sorbo.

—¡Cuidado! Te vas a quemar.

Robin Hood se acercó el vaso a la nariz y lo mantuvo allí un par de segundos. Volvía a parecer un zorro olfateando el peligro, dudoso de si asaltar el gallinero que tiene delante o dar media vuelta y esconderse en el bosque.

—Tienes razón.

Dejó el vasito, la cucharilla y el sobre de azúcar sobre el mostrador.

—¿Te quedan muchos días de trabajo en la tienda? —quiso saber.

—Tengo contrato hasta el 5 de enero.

—Todavía hay tiempo —murmuró. Y para corregir rápidamente aquella enigmática frase, dijo, en voz más alta—: ¿Te gustaría que, un día de estos, fuéramos a beber una cerveza? Te diría de ir a tomar un café pero tienes todas las tardes ocupadas y debes de salir tarde.

—La tienda cierra a las nueve, pero no salgo hasta las nueve y media, porque tengo que cuadrar la caja con mi jefa.

Míriam estuvo a punto de preguntar socarronamente a Robin Hood si aquello de quedar era una excusa para atracar la tienda. ¿Entregaría el botín a los pobres? ¿Reservaría una pequeña parte para invitarla a cenar?

—Podríamos comer algo aquí mismo. Abajo hay un restaurante de sushi que tiene buena pinta. ¿Te gusta la comida japonesa?

Recibió una respuesta afirmativa por duplicado: verbal y gestual, con la cabeza inclinándose hacia delante varias veces, imitando las reverencias del maestro de *Karate Kid. Dar cera, pulir cera, Daniel San.*

Hoy Robin Hood tarda más de la cuenta en venir. Míriam atiende a los clientes con desgana y, cuando llega la propietaria, no tiene que esforzarse en fabricar una conversación artificial: la mujer critica el pasotismo de su hija, una adolescente que acaba de cumplir dieciséis años, y repite —con un convencimiento preocupante— que la *peque* no hará nada bueno en la vida. La propietaria tampoco se entretiene allí demasiado, hay muchos clientes que atender.

—Me voy —dice, y la deja otra vez sola, preocupada por la ausencia de su amigo.

Fueron a cenar anteayer. De todas las variedades de sushi que probaron, la preferida fue el uramaki con atún rojo, aguacate y una salsa picante que te hacía sentir un poco de sed. Habían pedido una botella de vino blanco. Se la acabaron antes del postre.

—¿Y ahora qué? —preguntó él, después de apurar la última copa—. Nos hemos quedado sin combustible.

Míriam no quería más vino: ya había bebido suficiente, porque notaba que las mejillas y la frente le pesaban demasiado. Mientras se comía un helado de té verde, Robin Hood se tomó una cerveza japonesa. Habían dedicado un buen rato a hablar de *La vida de Adèle* —una de las sensaciones cinematográficas del otoño— obviando las escenas de sexo y, después, Robin había sacado el libro que tenía un hombre en blanco y negro en la cubierta. Llevaba traje: en una mano sostenía un paraguas y, en la otra, el sombrero. Se lo había recomendado a Míriam.

—Es una novela excepcional —le aseguró.

Habría querido soltar una ristra de adjetivos, pero se había quedado sin palabras.

—*Los hermanos Tanner* —leyó ella en voz alta.

—Estoy seguro de que te gustará. ¿Quieres que te la deje?

—Quizá más adelante. Estos días, trabajando tantas horas, no tengo mucho tiempo libre.

Robin Hood, que todavía vivía con sus padres, combinaba un máster en Gestión de Industrias Creativas y Culturales con las clases particulares que daba a estudiantes de secundaria y bachillerato. Le bastaba con dedicar diez horas semanales a los alumnos —la mayoría, casos perdidos— para conseguir suficiente dinero para sus gastos personales y ahorrar para comprarse un coche. En vez de confesarle esta aspiración, durante la cena en el restaurante japonés se centró en reconstruir alguna de las anécdotas más sórdidas de su experiencia como profesor particular. Un día, uno de sus alumnos lo había recibido en calzoncillos. «Has llegado muy pronto, profe», le había dicho antes de dejarlo pasar a su habitación. El alumno recogió el pijama del suelo y se lo puso. A media clase, Robin había visto que de debajo de la colcha revuelta de la cama salía un brazo y, después, unos pechos adolescentes. Fingió concentrarse en la lección para que la chica pudiera vestirse sin que nadie se diera cuenta. Por el rabillo del ojo, intuyó que se estaba poniendo las bragas y abrochándose el sujetador. El alumno se reía entre dientes mientras iba rellenando los espacios en blanco de un ejercicio de inglés sobre vocabulario náutico. Cuando la chica tuvo la camiseta puesta, Robin Hood se volvió y le pidió, con toda la naturalidad de la que fue capaz, que le llevase un vaso de agua.

Detuvo la historia en este punto para recordar otra, aquella en que había descubierto restos de cocaína en la nariz de una señora, que le había abierto la puerta más espabilada que de costumbre. En el salón, el perro de la familia lamía con avidez el espejito donde la mujer se había preparado la raya. El animal había recibido una buena zurra. «¡Mala bestia! —había chillado ella—. Siempre hace lo mismo: le encanta comerse mi maquillaje.» Robin esperó a que su alumno volviese del entrenamiento de fútbol sentado en el sofá familiar mientras su madre miraba un magacín televisivo donde una de las tertulianas confesaba que su marido llevaba dentadura, inicio de una larga cuña publicitaria sobre la «mejor» crema adhesiva dental.

Míriam había detenido el relato:

—¿Recuerdas de qué marca era?

—No. ¿Por qué?

—Mi abuelo utiliza una que dura poquísimo. Normalmente, a media comida, tiene que levantarse de la silla para ir a buscar la crema y volver a pegarse los dientes. Siempre le pasa lo mismo, pobre.

A Robin Hood, el comentario no le hizo ni pizca de gracia, pero en vez de fastidiar la cena ofreciendo un monólogo sobre cremas adhesivas dentales —tema que conocía a la perfección— acabó contando la anécdota de la cocaína ya sin mucho entusiasmo. Sentados en el sofá, la madre de su alumno y él oyeron girar la llave en la cerradura. No era su hijo sino su marido. Entró en el salón arrastrando una maleta de ruedecitas y se sorprendió mucho al encontrar allí a un extraño. Por poco no lo sacó a puñetazos.

—El hombre me miró a los ojos unos segundos como si así pudiese comprobar sin margen de error si era inocente o culpable.

—¿Y qué pasó?

—Nada. La mujer le dijo que yo era el profe de matemáticas y el hombre me dio la mano. La tenía sudada.

En el momento de pagar, Míriam no aceptó que su compañero de mesa la invitara. Pagaron la cuenta a medias y, cuando salieron del restaurante, con una sonrisa cautivadora, Robin Hood le propuso ir a tomar un daiquiri.

—Sé de un sitio donde los preparan muy buenos y está solamente a cinco minutos de aquí.

Como no hacía ni pizca de frío, pasearon lentamente hasta la coctelería, un local amueblado con espíritu clásico donde los camareros vestían americanas blancas y trataban de usted a los clientes. Míriam no habría entrado allí jamás con sus amigas, menos aún con Ramón, que solo pisaba un bar para ver los partidos del Barça. Quizá le habría parecido que la coctelería, poco iluminada y con más de una pareja que se citaba allí en secreto, escondía un prostíbulo. Ramón era de esos que todavía quieren casarse por la Iglesia. Se ponía como una moto si ella mencionaba el matrimonio civil, aunque solo fuera para provocarle un poco, pero al mismo tiempo, dos años antes le había regalado un vibrador por su cumpleaños. Ella había reaccionado mal y no había consentido sumarlo a sus fantasías sexuales hasta al cabo de unos meses, una noche que los dos habían bebido demasiado vino. Desde entonces, el vibrador se había convertido en una herramienta puntualmente útil, pero, sobre todo, divertida. Cuando lo sacaban del cajón de la mesilla de noche donde lo guardaban, acababa propiciando, más que un pequeño incendio carnal, algún diálogo hilarante.

En la coctelería, Míriam confirmó, animada por la conversación pausada y las maneras tranquilas de Robin Hood, que sentía alguna cosa por él. Era innegable que se entendían bien y creía tenerlo ya en el bote, aunque no tenía prisa por comprobarlo. Con Ramón había hecho falta todo un año de coincidir dos veces por semana en la academia de inglés antes de quedar para ir a ver *Infiltrados*, con Leonardo di Caprio, Matt Damon y Jack Nicholson. Tuvo que pasar otro curso entero antes de que se dieran el primer beso: por en medio hubo decenas de llamadas y de mensajes de móvil, casi doscientos correos electrónicos, cinco visitas a casa de los padres de ella y ocho a la de los de él, una docena de películas vistas en el cine y hasta una pequeña excursión a Sitges, donde los abuelos maternos de Míriam tenían una casa de veraneo.

Tras dar buena cuenta de un par de daiquiris por cabeza, las anécdotas fueron espesándose con detalles superfluos que entorpecían el ritmo de la conversación. Podían dedicar diez minutos a recordar una tarde en que la cola para conseguir el chocolate caliente había sido tan larga que las miradas mutuas se habían vuelto inevitables o se atascaban comentando una de sus películas preferidas de su infancia, *La historia interminable*. A ella le gustaba Fújur, el dragón de blanco pelaje y mirada afable. Él recreó una de las escenas más dramáticas, cuando el caballo del heroico Atreyu se hunde en el Pantano de la Tristeza mientras, de fondo, se escuchan sintetizadores épicos.

—¿Te acuerdas de aquella canción que había al final? ¡Era espectacular! —exclamó Míriam—. Ahora no sé si la cantaba un hombre o una mujer.

—¿Quizá un hombre con voz de mujer?

Para acabar con cualquier duda, Robin Hood sacó el móvil del bolsillo y tecleó las palabras mágicas en Google: *neverending story song*. Seleccionó un videoclip en el que un hombre con chupa de cuero y pelo teñido de rubio oxigenado —con un *mullet* frondoso, que acababa de ser sometido a una meritoria sesión de peluquería— entonaba las primeras estrofas de la canción, hasta que una mujer negra —pelo afro, pendientes enormes, labios gruesos— se le unía poco antes de llegar al estribillo. La letra, que aunaba fantasía y superación personal, tenía como contrapunto el escenario, unas cloacas tenebrosas por el humo que escapaba a presión de unas cañerías.

Más tarde, poco antes de despedirse, hablaron brevemente de sus familias. Fue entonces cuando Robin Hood confesó que «todavía» vivía con sus padres y la palabra se clavó en la mesa de la coctelería igual que aquella primera flecha que hería mortalmente a los vigilantes despistados de las torres medievales, anunciando un combate sangriento. Míriam supo detener a tiempo el ataque. Ella también le podía contar un secreto: su padre era un historiador famoso. Cerró los ojos, dispuesta a encajar el comentario que le habían repetido decenas de compañeros de clase, amigos y tíos que querían algo más (ni Ramón había podido evitarlo):

—Eres igual que tu padre, pero sin el bigote.

Robin Hood, empleando ese sexto sentido de zorro que corría por sus venas, desvió la expectativa hacia un tópico más agradable:

—¡No puede ser! Gracias a uno de los manuales de tu padre me saqué dos asignaturas de humanidades —Y, levantando la copa medio vacía, todavía rizó un poco más el rizo—: Tenemos que brindar por él ahora mismo.

—Toni —dijo ella, también con la copa levantada—. Soy yo quien te da las gracias. Por la cena y por haberme traído aquí.

Brindaron haciendo un poco de comedia y, al cuarto de hora, se marcharon a casa. Cada uno a la suya, aunque habrían podido acabar en el piso de Míriam y continuar charlando —solo charlando— hasta que el cielo se fuera aclarando y manchara de gris matutino el sofá, el parqué y el metal barato de la jaula vacía donde algún inquilino anterior había tenido un loro repelente.

Excepcionalmente, hoy las chicas cierran la caseta treinta minutos antes que el resto de días. Solo son las ocho y media y ya se quieren ir. Al lado hay, alineados, seis bidones de chocolate vacíos que tendrán que llevar hasta la furgoneta en varios turnos. Un guardia de seguridad les da palique. Desde la tienda de ropa, Míriam intuye que intenta conseguir los números de móvil de las chicas como sea: es el último día de la acción de *marketing*. Las artimañas del guardia no dan resultado y continúa la ronda, cabizbajo, igual que un oso intentando descubrir un rastro secreto de miel. Si hiciera falta, lo perseguiría hasta el infinito.

Robin Hood no ha venido. A Míriam todavía le queda media hora de vender artículos y asesorar a clientes despistados. Un señor de unos cincuenta años se queda tres vestidos carísimos, dos de una talla pequeña y el tercero de la talla más grande que tienen. Se le ve angustiado. La dependienta prácticamente no cruza palabra con él, absorta en el recuerdo de Nochevieja. Fue a cenar a casa de unas amigas, en el barrio gótico. A las doce y media, cuando ya había trasegado seis copas de vino y tres de cava, su móvil se iluminó. Era Ramón. Se levantó de la silla pegando un brinco y se encerró en la cocina. La conversación empezó bien, pero desde el momento en que Ramón intuyó que Míriam había salido de fiesta, le espetó una ristra de reproches sangrantes, desproporcionados. Cuando se hubo desfogado, le pidió perdón y le llegó a preguntar si quería verlo esa noche.

—No sé si me apetece —dijo ella.

—Por favor.

Tuvo que suplicarle para convencerla. Habían quedado en la puerta del Sidecar a la una y media, pero

Míriam no se presentó. No quería que Ramón la molestase más e incluso apagó el móvil antes de entrar en una discoteca del Raval. A la mañana siguiente, cuando lo encendió antes de ducharse, tenía quince llamadas perdidas de él y unos cuantos mensajes de Whatsapp, que iban del saludo afectuoso —casi obsceno— hasta el insulto más viperino. La noche anterior se había besuqueado con un sueco alto y apático en la puerta de la discoteca. Compartieron un cigarrillo de liar mientras él hablaba de los encantos de la isla de Gotland, donde había crecido. Luego llegó la breve muestra de afecto lingual y, justo después, Míriam le dijo que tenía que ir un momento al baño. De nuevo dentro de la discoteca, se las ingenió para huir por una de las salidas de emergencia, que daba a un pasillo largo y mal iluminado en el que había unas cuantas parejas manos a la obra. Pasó casi rozando los cuerpos hasta la puerta que daba a la calle.

—Eo. Buenas tardes —dijo una chica que llevaba el contorno de los ojos maquillado de un negro intimidante—. ¿Me puedes cobrar?

Son las nueve menos cinco. Detrás de la chica hay otros dos clientes. Y cuatro compradores potenciales paseándose por la tienda. Los Reyes Magos tienen que abastecerse antes de mañana por la mañana. La cabalgata ha recorrido el centro de la ciudad a media tarde: quizá eso haya despertado el instinto de aquellos que creen indispensable hacerse con unos zapatos, un cinturón o una camisa pocos minutos antes de bajar la persiana. A partir de ese momento tocará empezar a preparar las *fabulosas* rebajas.

Míriam acaba tarde y de mal humor, bajo la atenta y

exigente mirada de la propietaria. A la hora de hacer caja y contar el dinero, la cifra del día es tan cuantiosa que la dependienta recibe una bonificación de cincuenta euros. Aun así, sale del Bulevard Rosa con la angustia de no saber nada de Robin Hood. No consulta el móvil porque no le serviría de mucho: todavía no se han dado los números. Si le hubiese echado un vistazo, habría descubierto unas cuantas llamadas perdidas y mensajes de Whatsapp de Ramón.

En vez de ir directamente a casa, le da otra oportunidad a su amigo, encendiéndose un cigarrillo y fumándoselo en la entrada del centro comercial. Tiene que intercambiar cuatro palabras con uno de los guardias de seguridad para pedirle fuego. ¿Cómo puede haber perdido el mechero? El hombre le cuenta que ese es su último día, poniendo cara de niño asustado por la inminencia de la vuelta al cole. A Míriam no le apetece animarlo y le dice, mintiendo, que a ella solo le quedan cinco días de trabajo. Después deberá volver al pueblo donde viven sus padres: trabajará en el negocio familiar.

—Tienen una carnicería —dice para deshacerse del guardia.

Después de esa pequeña charla, Míriam se aleja unos metros del hombre. Se sienta en un banco y mira cómo pasan los transeúntes. Las caladas que da son largas pero espaciadas. Cuando da una, la pierna derecha se le dispara y sube y baja rítmicamente hasta que ella misma se da cuenta del tic nervioso. Automáticamente le tiembla el párpado. Menos mal que después de salir a la calle las manos le han dejado de sudar. Se obliga a detenerse, pero cada vez que traga humo y nicotina pierde de nuevo el control. Robin Hood llega mientras ella relacionaba su desazón con los gestos que hacía su padre si leía concentrado: se pasaba las manos por el pelo compulsivamente y apretaba los dientes.

—Hola —dice Robin—. Hoy he llegado muy tarde. Lo siento.

El chico junta ambas manos para pedirle perdón.

—No pasa nada. No tienes la obligación de venir a verme. Después de hacer caja con la jefa he pensado que te escribiría un mensaje para decirte que me iba, pero no tengo tu teléfono. Y tú no tienes el mío.

—Es verdad.

Robin saca el móvil de uno de los bolsillos del pantalón, pero Míriam le hace un gesto que acompaña unas palabras disuasorias para que no le cante los nueve dígitos en voz alta. A continuación, le pregunta si quiere ir a tomar algo, pero él niega con la cabeza.

—Prefiero que caminemos un rato. ¿Te apetece bajar por el paseo de Gracia?

Avanzan poco a poco, pasando por delante de tiendas cerradas y de algún restaurante prácticamente vacío: todavía hoy en día, la Noche de Reyes tiene un matiz sagrado o incluso preapocalíptico que obliga a la mayoría a encerrarse en casa a partir de una determinada hora, unos después de la cabalgata, otros después de comprar los últimos regalos. Incluso aquellos que han ido al cine o al súper o a dar la vuelta de rigor —con o sin perro— por el parque más cercano a sus casas hace rato que han vuelto al redil.

Míriam y Robin Hood llegan a la plaza de Cataluña. Cuando se acercan a la calle Pelayo, empiezan a pisar restos de caramelos y confeti. El rastro real los lleva hasta la plaza Universidad. Se detienen un momento en la boca del metro, como si uno de los dos tuviese que cogerlo.

—¿Seguro que no quieres que vayamos a tomar una cerveza o que cenemos algo por aquí?

Robin Hood no aparta los ojos del suelo. Su intuición anima a Míriam a hacer una propuesta:

—Vente a casa.

Lo dice tan bajito que se ve obligada a repetir las palabras y a añadir que vive a tan solo cinco minutos de allí. Robin se deja llevar sin haberse pronunciado explícitamente. *Vente a casa.* Enfilan la ronda Universidad, dejan atrás tiendas especializadas en fotografía y, después, una de informática. Giran por Floridablanca. Cuando pasan por delante de un gran restaurante chino, vacío y siniestro —cuatro camareros los miran a través de las grandes cristaleras que recorren el establecimiento—, Robin suelta un par de comentarios irónicos que no consiguen disipar el presentimiento que martillea en la cabeza de Míriam: el chico tiene algo que decirle, pero no se atreve. *Vente a casa.*

Cuando entran en el apartamento, él le pregunta cómo se llamaba su pájaro y de qué especie era.

—La jaula siempre ha estado vacía —responde—. Nos la quedamos porque es bonita.

El uso inconsciente del plural precipita la huida de la chica hacia la cocina.

—¿Qué te apetece beber, Toni?

—¿Tienes cerveza?

Míriam abre la nevera y saca un par de Budweisers. La botella de cava medio llena de Ramón continúa abandonada en un rincón, al lado del bote de *ketchup* y de un pequeño frasco de tabasco.

—Tu cerveza —dice cuando regresa al salón. Robin Hood se ha quedado de pie al lado del sofá—. Por favor, siéntate.

Le da la cerveza y, en vez de sentarse a su lado, va a buscar el portátil a su cuarto. Lo enciende y lo conecta a los altavoces de la minicadena. Todavía no está preparada para escuchar la historia que Robin lleva dentro. Seguramente tiene relación con su novia. *Te lo tenía que contar antes de que hubiera algo entre nosotros*, imagina que le dirá. Entonces le dará un golpecito en una mano, como los zorros a las gallinas para comprobar que están muertas antes de hincarles el diente. A continuación, la besará apasionadamente. Ahí empezarían los problemas de verdad: mantener una relación secreta, pudrirse de celos, fracasar después de un ultimátum planteado con resentimiento. *Vente a casa.*

De momento, Míriam pone la primera canción de la última lista que creó en Spotify hace un par de semanas. Suena *Best Days*, de Blur, y después, *Le temps de l'amour*, de Françoise Hardy. Robin explica que aborreció a Blur durante mucho tiempo por culpa de una chica que le gustaba y que no le hacía caso. Ahora, años después de aquel fracaso, la decadente ampulosidad de la canción le resulta agradable. Françoise Hardy siempre lo ha deprimido: hay una tristeza enorme, sincera o no, en su voz.

—Ahora viene Carla Bruni, te aviso —dice Míriam, con una sonrisa pícara—. Seguro que tienes mil cosas en su contra, pero esta canción es especial. La letra es un poema de Michel Houellebecq.

Escuchan la introducción etérea de *La possibilité d'une île* en silencio y, cuando Bruni empieza a cantar, el chico admite que no es «tan terrible». Se le escapa una carcajada tímida mientras ella expone una defensa bien argumentada de las virtudes musicales de la exprimera dama francesa. Paseando la vista por el salón, Robin se detiene en la balda de los libros. Reconoce traducciones de Amélie Nothomb, Paul Auster, Doris Lessing y Fiódor Dostoievski. También identifica un par de novelas de Eduardo Mendoza y de Juan Marsé, *El millor dels mons*, de Quim Monzó, y uno de esos libros de cuentos tan breves de Sergi Pàmies que se leen en poco menos de una hora. Hay unos cuantos catálogos sobre pintores: los más vistosos son los de Lucian Freud, Georges Rouault y Paul Klee.

La voz de Bruni se apaga en un largo *fade out* y da paso a *The Wrestler*, de Bruce Springsteen. Robin no la identifica ni siquiera cuando Míriam le dice que fue compuesta para una película sobre un luchador.

—Salía Mickey Rourke. Hecho un adefesio, con la cara desfigurada y el pelo teñido de rubio. Estaba medio enamorado de una *stripper* demasiado mayor para continuar en el oficio, pero que aun así seguía teniendo un cuerpo espectacular. Él también se tenía que retirar: después de un combate, sufría un ataque al corazón y el médico le prohibía volver a luchar.

—No me suena de nada.

Robin da un trago largo a la cerveza. ¿Acaso ya ha llegado la hora de la confesión? Míriam, que hasta ese momento ha permanecido sentada en una silla al lado del sofá, se levanta y va a buscar el tabaco del bolso. El móvil le vibra, pero lo ignora. Regresa a la silla.

—¿Te molesta si fumo?

Él dice que no con la cabeza. Míriam enciende un cigarrillo y le da una calada larga, tranquilizadora.

—¿Quieres comer algo? Tengo nachos y guacamole. ¿Te apetecen?

Va a buscarlos a la cocina: la respuesta ha sido afirmativa. Después de Bruce Springsteen ha sonado *Santa Fe*, de Beirut. Cuando acaba, Robin y Míriam ya mordisquean esa cena frugal. Inexplicablemente, empieza a sonar entonces *Wannabe*, de las Spice Girls.

—Esta no me la esperaba —dice Robin, sonriendo con una mano delante de la boca para esconder cualquier rastro de alimento entre los dientes.

—¿De dónde ha salido esto? Yo nunca escucho a las Spice Girls.

—No hace falta que disimules. Si son tu grupo favorito, puedo aceptarlo, aunque sea con... gran resignación.

Mientras ríen los dos a la vez, las Spice Girls cantan: «*Now don't go wasting my precious time, get your act together we could be just fine*». Las siguientes palabras de Robin, que insisten en el humor, son interrumpidas por el sonido estridente del timbre. Cinco segundos de agonía, un intervalo imposible de obviar.

—No espero a nadie —dice Míriam—. Voy a ver.

Camina, inquieta, hasta el recibidor y descuelga el soporte rojo, homenaje al teléfono rojo de aquel Batman que ensanchó las fronteras del *kitsch* en la década de los sesenta.

—¿Sí? —pregunta.

Solo necesita oír la respiración —nerviosa, amargada— para saber que se trata de Ramón.

—Vengo a traerte el regalo de Reyes —dice, haciendo un gran esfuerzo por sonar relajado.

—¿Ramón? —Míriam finge sorpresa—. No sé si es buena idea.

—¿Por qué no? He intentado avisarte por teléfono, pero no ha habido manera de que lo cogieses.

—Acabo de llegar del trabajo.

—Tenía miedo de que te hubiera pasado algo, por eso he creído que lo mejor que podía hacer era venir.

Míriam pulsa el botón que abre la puerta de abajo y regresa rápidamente al salón.

—Toni, ha venido mi ex.

El último estallido de las Spice Girls — «*If you wanna be my lover*» — se deshace en un eco vaporoso. Empieza a sonar la versión de *Hurt* de Johnny Cash.

—Dice que sube un momento, para darme el regalo de Reyes.

Robin Hood pone cara de circunstancias.

—No te vayas —le pide Míriam—. Serán cinco minutos. O incluso menos. Hace tres meses que lo dejamos: Ramón es agua pasada.

Él corre a buscar la chaqueta. El zorro está en peligro: escapa a tiempo o se las tendrá con un granjero irascible.

—No te preocupes. Ya nos veremos.

Si estuvieran en el campo, se habría camuflado entre los arbustos y habría esperado a que el peligro pasara lamiéndose las patas. El agrio aliento de la decepción lo torturaría un buen rato. En vez de acompañarlo a la entrada, Míriam abre la puerta de su habitación y le pide que se encierre ahí. Robin la obedece porque acaba de oír que el ascensor ya se ha detenido en el rellano. *Vente a casa*. Antes de abrir la puerta, ella todavía tiene tiempo de dejar la botella de cerveza del visitante en la cocina y de parar la música.

—Hola, Ramón.

—Hola.

Ella lo invita a pasar al salón y ocupa rápidamente el sitio del sofá donde se había sentado Robin. Sin hacerle ninguna pregunta, Ramón se repantiga al lado de su expareja. Deja la bolsa que contiene el regalo sobre la mesita de centro.

—En Nochevieja...

—Si has venido a hablar de eso ya te puedes marchar —lo interrumpe Míriam.

—Puta madre —dice Ramón, cogiendo la bolsa de la mesita y dejándola en el regazo de ella—. Abre el regalo y me voy.

Míriam desenvuelve sin demasiada ceremonia un paquete con forma de caja de zapatos. Son unas botas de invierno. Las observa, desconcertada, hasta que Ramón le pide que se las pruebe. Ella obedece y, del interior de una de ellas saca, además de varias bolas de papel para que no se deformen, una cajita donde hay unos pendientes de plata.

—Uau, Ramón. Son muy bonitos —murmura.

Deja los regalos sobre la mesita para darle las gracias con dos besos. A partir de ese momento, todo se acelera. Se oye la música de un móvil, Míriam siente una fuerte presión dentro de su cabeza —como si una mano abierta le hubiese salido del cerebro y pretendiese atravesarle la frente—, pisa el envoltorio de la caja de zapatos mientras Ramón le dice, de mal humor, que descuelgue el teléfono, pero antes de que pueda ir hasta la habitación, Robin Hood se le adelanta y dice con voz temblorosa:

—Mamá. ¿Ya... está?

Antes de que Míriam se pueda justificar, Ramón pega un brinco del sofá y corre a desenmascarar aquella voz desconocida. La puerta se abre cuando ya está prácticamente delante. Robin Hood todavía habla por teléfono: se deslizan dos lágrimas por sus mejillas que son interpretadas por el ex de Míriam como la confirmación de sus sospechas. Le pega un puñetazo en un ojo, otro en la nariz y un tercero en el estómago para tumbarlo. Cuando lo tiene en el suelo, se siente tentado de darle el golpe de gracia, pero Míriam lo empuja desde detrás, chillándole, momento que la víctima aprovecha para cruzar el salón a cuatro patas, dejando tras de sí un rastro de sangre que le gotea de la nariz.

Para abrir la puerta del piso necesita incorporarse. No se ve con fuerzas de lograrlo, pero lo consigue, hace girar el pomo y desaparece escaleras abajo mientras ella le grita que no se vaya. Ya en la calle, se da cuenta de que se ha dejado el móvil. ¿Había acabado de hablar con su madre cuando aquel loco le ha reventado la cara? Duda entre coger un taxi en Urgell o andar hasta el Clínico.

Toni ya no es Robin. Vuelve a ser el nieto que visita al abuelo convaleciente en la habitación 220. Cada tarde lo encuentra un poco más adormecido y desganado.

—¿No quieres que te encienda la tele?

Dice que no con la cabeza. En casa se tragaba cualquier programa sin demasiada exigencia —o eso parecía—, pero ahora prefiere que le explique qué ha hecho ese día: le ha repetido tantas veces la misma respuesta vacía que al final el abuelo acaba creyéndosela. El día después de haberle llevado el primer vaso de chocolate a Míriam, Toni le explica que ha conocido a una chica «guapa y simpática», pero que no sabe cómo invitarla a cenar. En los escasos momentos en que el dolor de espalda no le impide hablar, el abuelo se atreve a darle algún consejo que él escucha como si pudiera ponerse en práctica en el mundo actual. *Un día, podrías estirarte un poco y llevarle flores. Córtate el pelo: a las mujeres les gustan los hombres aseados.*

Al día siguiente llega al hospital de buen humor. Siente que ya ha triunfado, aunque no sea así. Quizá pueda adelantar un poco los acontecimientos, explicarle que ya se han dado el «primer beso» de una relación que prevé larga. Sus padres y sus tíos están en la habitación. El abuelo duerme boca arriba, la única postura posible desde que ingresó en el hospital. Le tiembla el mentón cada vez que deja escapar el aire de su interior. El padre busca una ocasión para llevárselo al pasillo y darle malas noticias:

—Le van a operar otra vez de la columna. Seguramente será esta noche. Se le ha infectado la cicatriz y tienen que limpiársela cuanto antes mejor.

—¿Es grave?

La falta de respuesta es, en este caso, una afirmación elocuente. Los quirófanos están tan saturados que tienen que esperar hasta el día siguiente, Fin de Año. El abuelo sobrevive a la intervención, pero su estado de salud se deteriora rápidamente. Duerme casi todo el día. No come nada. Tienen que ponerle oxígeno. Las enfermeras, que hasta hace una semana todavía bromeaban con él, ahora lo cuidan en silencio. Una de ellas incluso ha llorado: cuando empezó a tratarlo a finales de noviembre estaba convencida de que ese hombre se iba a recuperar, pero desde la última operación sabe que le quedan pocos días.

Aquel paciente ya no puede compartir habitación con ningún otro. Ahora que todo está perdido, Toni querría explicarle que ha cenado con la chica e inventarse la historia del «primer beso», pero en la habitación siempre hay algún familiar. Cuando no están sus padres, están sus tíos, el hermano de su abuela o algún primo que al enterarse de la noticia ha querido despedirse —palabra cruel— del abuelo. Entonces Toni lo pasa mal, porque tiene que aguantar pequeños interrogatorios que enmascaran juicios difíciles de corregir. *¿Treinta años ya? ¿Y qué dices que has estudiado? ¿No tienes novia?* En momentos así le gusta pensar que se escapa por la ventana transformado en un globo de feria. No haría falta nada sofisticado: podría ser Mickey Mouse o Buzz Lightyear.

El abuelo soporta la afluencia creciente de visitas sin comentar nada al respecto. Una tarde que Toni viene de ver a Míriam en el Bulevard Rosa se quedan solos un par de minutos, el tiempo que su padre se encierra un momento en el baño. El abuelo le pide que le quite la máscara de oxígeno. Se la deja sobre la frente —corona de espinas— y espera a que le diga algo, pero se han acabado los consejos y las historias: el abuelo simplemente lo mira con serenidad. Sus ojos le dicen adiós sin miedo. El nieto le alarga su mano y se la da. Cuando el padre sale del baño, devuelve la máscara de oxígeno a su sitio mientras el abuelo dice que no, tímidamente, con la cabeza. ¿Acaso todavía hay esperanza? Durante todos esos días, Toni no la ha perdido en ningún momento. Hace unos minutos su madre lo ha llamado para decirle que el abuelo ya había muerto y él camina hacia el Clínico con un ojo morado y la cara ensangrentada. Contiene la hemorragia con un pañuelo de papel metido en la nariz que ha tenido que pedir a una mujer en un paso de cebra. En vez de subir a la habitación, gira por la calle anterior a la del hospital hasta encontrar el bar hawaiano. Ha pasado muchos días por delante. Hoy, en lugar de entretenerse observando los periquitos que dan saltitos detrás del cristal de la entrada, cruza el umbral y pide un café. Aunque el local esté poco iluminado, el camarero le pregunta, exagerando la preocupación, si lo han atacado por la calle. Toni dice que sí.

—Me han robado el móvil, pero no me han quitado el dinero —añade, dando un par de palmadas a uno de los bolsillos del pantalón, para que el camarero sepa que tiene suficientes monedas para pagar la consumición.

Cerca de la barra hay tres parejas sentadas en torno a unas mesas bajas. En un primer momento se han sobresaltado al sentir peligrar ese espacio suyo de intimidad por la aparición de alguien con la cara ensangrentada. En cuanto descubren que en lugar del verdugo es una mierda de víctima, ya no le hacen ni caso. De vez en cuando, algún hombre le dedica una mirada fugaz, para constatar que todavía no se ha desplomado. El visitante continúa sentado en uno de los taburetes de la barra. Actúan como si tuviesen al alcance de la mano un muerto que ni conocen. No les produce ningún efecto. Les parece que no tiene ni alma.

Anillo de compromiso

«Cuán rápido la línea oscura crece,
cuán rápido aumentan las velas apagadas.»
Kavafis, *Velas*

—Antes, las guerras servían para limpiar el mundo de gente. En tiempos de paz como ahora, esto se arregla con un desastre. No me mires así: es tal como te lo digo y punto.

La anciana señalaba la minúscula pantalla de la tele con un dedo torcido por la artrosis. Hacía tres meses que había aceptado trasladarse a la residencia y, al principio, no dejó de torturar a su hijo: necesitaba un televisor en la habitación que ocupaba ella sola, era urgente y vital, porque si se moría sin saber cómo acababa el juicio contra el torero infiel no se lo perdonaría jamás. Había días que le aseguraba que si no le satisfacía esa casi última voluntad, cuando muriese iría a buscarlo al infierno y le clavaría la dentadura en el antebrazo. «Te quedará la marca para siempre», lo amenazaba tocándolo con uno de los tres bastones que siempre tenía a su alcance, colgados de un sillón dispuesto para que, en principio, los invitados se sentaran cómodamente.

El hijo había tardado tres semanas en comprar el aparato y, desde entonces, funcionaba día y noche a un volumen muy alto porque la anciana estaba casi sorda. Se perdía el telediario del mediodía y el de la noche porque coincidían con la hora en que los residentes —ella se refería a ellos como «los carcamales»— comían y cenaban en el comedor, pero dedicaba toda la tarde y parte de la noche a los programas de cotilleo. El torero ya estaba en prisión. Su historia, que ya no tenía ningún interés, había sido sustituida por la de un cirujano que violaba a las pacientes después de anestesiarlas: cada nueva información era más truculenta que la anterior, cosa que aseguraba un inexorable incremento de la audiencia.

Esa tarde, la anciana exponía su teoría de la superpoblación mundial a Miguel, el único nieto que la visitaba. Iba una vez por semana, cuando salía de la peluquería canina y, después de encajar los comentarios de turno sobre la peste a perro que soltaba, aguantaba alguna disertación siempre relacionada con la emisión televisiva que tenían delante. Miguel sabía más cosas sobre el torero preso y el cirujano violador que de su abuelo, fallecido cuando él tenía tres años: si hubiese caído en ello alguna vez, se habría esforzado en sonreír, porque intentaba no dejarse vencer por el desánimo y la mala leche. Esa tarde el presentador explicaba que en Brasil un incendio en una discoteca había acabado con la vida de doscientas cincuenta y cinco personas. A la cifra había que sumar más de trescientos heridos, un tercio de los cuales se hallaba en estado grave o i cluso crítico.

—Necesitan calamidades de este calibre, en esos países. Si no liquidan a unos cuantos de una tacada, no tienen suficiente comida para todos.

—Ya está bien, abuela. Sabes que no me gusta que digas esas cosas.

—Y a mí no me gusta que ocurran, pero tienen que ocurrir. Son imprescindibles.

Con la intención de pasar página, el nieto comenzó a hablar de su rutina. A las diez en punto ya levantaba la persiana de la peluquería canina —que se llamaba Miqui Manostijeras—, dispuesto a solucionar el primer reto capilar de la jornada.

—No sé qué le ves a eso de arreglar el pelo de los chuchos. ¿Seguro que te lavas bien antes de volver a casa?

—Sí, abuela, sí.

—Y yo que me lo creo.

Antes de abrir la tienda, Miguel había hecho la compra de la semana y había ido hasta el parque para pasear a *Elvis*. Miguel nunca le había hablado de su mascota a la abuela. Se había enamorado de ella poco después de que Nikki lo dejara. Era un perrito minúsculo, de mirada perspicaz y nervios a flor de piel, que veía en el escaparate de la tienda de mascotas del barrio de camino hacia la peluquería. Llevaba una semana coincidiendo con él cuando se dijo que si en tres días no se lo había llevado nadie, él se lo quedaría. «Un perro tan pequeño no puede dar muchos problemas», le dijo el dependiente la tarde en que se decidió a entrar en su establecimiento dispuesto a adoptar el animalito por un precio bastante razonable. *Elvis* venía de lejos. La raza se había empezado a criar en los cincuenta, basada en el «English toy terrier», uno de los animales de compañía favoritos de la nobleza rusa, y durante años sus amos habían conseguido mantener los perritos prácticamente en la clandestinidad: el comunismo no toleraba lujos de ningún tipo, y menos si estos eran de raíz occidental. El «English toy terrier» se transformó en el «pequeño perro ruso» (Русский той), que no tardó en dejar de cazar ratones —propósito inicial de la raza— y dedicarse a las monerías propias de un mamífero que apenas pesa dos kilos. Satisfacía con el mismo entusiasmo a niñas escuálidas, adolescentes que ya se habían dejado tentar por la furia del vodka, madres de mirada triste y padres de poblados bigotes, un intento de homenaje a Stalin que más bien parecía un guiño a la majestuosidad inútil de los leones marinos.

Gracias a *Elvis*, Miguel había ido superando el trago amargo de la ruptura con Nikki. Estaban juntos desde hacía cinco años y, si bien habían llegado a un punto de estancamiento innegable, jamás habría imaginado que ella tomaría la decisión de empezar de cero en Klagenfurt, una pequeña ciudad austriaca.

—Dame un poco de tiempo, Miguel —le había dicho cogiéndole la mano, como si fuera un niño—. Necesito saber que todavía sigo con vida.

Estaba convencido de que Nikki se marchaba a Klagenfurt con alguien. Deseaba que su estancia no fuese tan idílica como esperaba y que al cabo de un tiempo regresase a Barcelona con el rabo entre las piernas. Ella, que pensaba que tener un animal doméstico en un piso era un crimen, tampoco sabía nada de *Elvis*. Hablaba por teléfono con su ex una vez a la semana y a menudo Miguel y el perrito se miraban con ternura mientras la conversación se iba volviendo más y más difícil. Nunca había ladrado: sus antepasados habían tenido que vivir al margen de la ley, siempre a punto de ser descubiertos por la policía comunista, y él, como la gran mayoría de sus congéneres, había heredado su predisposición silenciosa.

«Tener un perro y haberse quedado sin pareja es una combinación curiosa», se había dicho Miguel en alguna ocasión mientras paseaba a *Elvis* y notaba los ojos de alguna chica fijos en la mascota. El afecto instantáneo que podían sentir hacia el perrito podía derivar fácilmente en largos diálogos, que se iniciaban a partir de una pequeña anécdota vinculada con el animal y viraban poco después hacia aguas más personales. Miguel había apuntado algún teléfono en el móvil pero nunca se había atrevido a ponerse en contacto con las desconocidas. Las registraba precedidas por el nombre del perro, para no olvidar el vínculo que los unía. Cuando acumuló media docena, los borró, avergonzado: si alguna vez volvía con Nikki, esa lista podía acabar dándole problemas.

Hasta entonces, *Elvis* había resultado una compañía constante e inmejorable. Miguel se había acostumbrado a dormir con él y lo último que veía antes de acostarse era aquel par de ojos brillantes y solícitos, que seguían contemplándolo con devoción hasta que se dormía y que a menudo ya estaban abiertos cuando se levantaba.

—Buenos días, *Elvis* —le decía él.

El perro le prodigaba un áspero lametón en la mejilla y empezaba a mover el rabo.

Si hubiese logrado superar el asco hacia los animales, su abuela habría estado muy bien acompañada por un *Elvis* que quizá habría retrasado su ingreso en la residencia. Miguel lo imaginaba corriendo excitado por el piso, animando la lobreguez mórbida de las habitaciones, comiendo de un platito en el que habría mandado grabar su nombre —que sería *Chispas* o *Petit*, una elección poco creativa— o hasta sentado en su regazo, abrigado con una manta, mientras ella se distraía con cualquiera de los programas de televisión de baja exigencia que miraba piadosamente.

—Se ve que el rey ha ido a cazar elefantes a África y se ha lastimado. Estaba con la fulana —le habría dicho rascándole la cabeza con una de sus uñas largas e indestructibles—. Si yo fuera la reina, acabaría rápido con tanta desfachatez.

Cuando Miguel iba a la residencia y pasaba un rato con su abuela inventaba finales menos terribles para su vida. Desde que tenía a *Elvis*, le imaginaba una vejez plácida junto a una mascota servicial. Antes, cuando aún estaba con Nikki, la había embarcado mentalmente en un crucero por el Mediterráneo y allí le había hecho conocer a un anciano viudo como ella, a quien le iba como anillo al dedo un poco de compañía. Se habían enamorado durante el viaje y, ya en Barcelona, habían continuado viéndose, hasta que el hombre —un antiguo corredor de seguros esforzado y cumplidor— le proponía vivir juntos. Su abuela abandonaba el pisito de extrarradio y se instalaba en la torre del Maresme que el hombre tenía medio abandonada desde la muerte de su *señora*.

La residencia deprimía a Miguel y las historias que crecían en su interior le ayudaban a aislarse mientras su abuela se dejaba abducir por la tele. Era verdad que la tenían muy bien atendida y allí estaba bien, quizá incluso mejor que en casa, pero tres o cuatro años atrás le habría resultado imposible adaptarse. La percepción y la exigencia se le habían ablandado. Eso es lo que se decía su nieto, que no habría podido aguantar mucho rato en el salón comunitario, acompañado de ancianos que habían perdido la memoria y pasaban el rato mirando a un punto fijo y a la vez indeterminado de la pared. Tampoco se veía con fuerzas de jugar una partida de dominó con alguien a quien, de sopetón, le caía la dentadura sobre la mesa, y menos aún de comer al lado de un residente afectado por una extraña enfermedad mental que le hacía chillar palabras imprevisibles cada vez que una enfermera le acercaba una cucharada de comida a la boca. «¡Domingo!» «¡Tortuga!» «¡Nenúfar!»

Por un lado, las visitas a su abuela angustiaban a Miguel. Por otro, hacían que saliese de allí con más ganas de vivir que nunca: tenía que superar como fuese que Nikki le hubiera dejado y lo intentaba saliendo a cenar con amigos y amigas o haciendo horas extra en la peluquería canina con la intención de ahorrar dinero suficiente para disfrutar de unas vacaciones en Australia. Un lunes que había decidido ir al cine solo se encontró con una antigua compañera de instituto. Después de la película se fueron juntos a tomar una cerveza. Laura había trabajado hasta hacía poco en un laboratorio farmacéutico. La empresa acababa de ser fagocitada por una multinacional francesa que había decidido cerrar la sucursal española.

—Podría ir a trabajar cerca de París, pero no sé si fiarme de mis jefes: quizá dentro de unos meses cierren la otra fábrica —se lamentó al cabo de un rato, con un vodka con tónica en la mesa.

—Seguro que no —dijo Miguel: desconocía el estado del sector farmacéutico, pero se creía en la obligación de murmurar comentarios reconfortantes.

—¿Te imaginas que el año que viene, ya instalada en

París, me dicen que si quiero conservar mi lugar de trabajo tengo que irme a Chequia? ¿Y si al cabo de otro año me acaban enviando a Pekín? Vaya favorcillo me harían.

Laura no se imaginaba formando una familia en la capital china, pero, para tener hijos, primero tenía que encontrar a alguien. Después de este último comentario, Miguel se quedó mirando fijamente su whisky con cola unos segundos, hasta que le explicó brevemente su historia con Nikki. Se habían conocido hacía cinco años en uno de los puestos de fruta del mercado. Habían empezado a hablar poco después, un día que hacían cola en la farmacia. Miguel ya tenía la peluquería de perros y no le ocultó su ocupación, aunque otras chicas habían puesto cara de circunstancias cuando les había contado a qué se dedicaba. Nikki y él se enrollaron enseguida y habían empezado a vivir juntos seis meses después de haberse conocido. Ella cambiaba a menudo de trabajo. Él esquilaba perros: abundaban los caniches y los fox terriers.

—Quizá no era una vida muy ambiciosa, lo reconozco, pero éramos felices.

El verano anterior habían viajado a Múnich. Nikki quedó prendada de un anillo de compromiso y así se lo hizo saber, primero con miradas dulces, más tarde con palabras elogiosas, arropadas con un romanticismo sincero. La tienda quedaba muy cerca de la pensión donde se hospedaban. Cada vez que pasaban por delante, ella miraba la joya, que resplandecía con moderna elegancia entre el resto de anillos, gargantillas y pendientes. Miguel comprendió que era el momento de tomar una decisión y una tarde que Nikki se había quedado dormida después de una visita agotadora al castillo del rey Luis II de Baviera, salió de puntillas de la habitación, bajó hasta la tienda y compró el anillo. Se lo entregaría al final de una cena de lujo. Ese tenía que ser el preludio de la boda.

—No sucedió como yo imaginaba.

—¿Qué pasó?

Laura agarró su vodka con tónica y no volvió a dejarlo sobre la mesa, sin haberlo probado, hasta que Miguel no contestó.

—Qué más da. Ahora vive en una pequeña ciudad austriaca. ¿Has oído a hablar de Klagenfurt? Necesita *un poco de tiempo*.

Aquella noche acabaron tarde. Tomaron otro combinado mientras agotaban todas las virtudes de la película que habían visto. Embravecidos por el alcohol y por el recuerdo de la historia de adulterio que se contaba en *Tabú*, ambientada en una casa perdida de la selva mozambiqueña, Miguel y Laura acabaron durmiendo en la misma cama después de siete minutos de sexo, observados por los comprensivos ojos de *Elvis*. Ni en los momentos más fogosos había soltado un solo ladrido.

A las cuatro de la madrugada, los gritos de Laura despertaron a Miguel.

—Hace tiempo, en otra pesadilla, también maté a alguien —le dijo ella.

Miguel, que acababa de ser consciente de su desnudez, aprovechó que Laura fue al baño para vestirse. No encontraba sus calzoncillos por ninguna parte y tuvo que coger otros del cajón y ponérselos apresuradamente, antes de que su antigua compañera de instituto volviese a la habitación.

—¿Estás bien? —le preguntó.

Todavía sin una sola pieza de ropa encima —tenía un cuerpo más atlético que el de Nikki—, Laura le dijo que sí y trató de explicarle la pesadilla: salía un testigo de Jehová, una vecina cotilla y dos policías, que la atosigaban primero en la entrada del edificio donde vivía y después, sin transición, apretujados en el salón de casa, señalaban la gran mancha de sangre que ensuciaba casi toda la alfombra.

—Había escondido al muerto de la pesadilla anterior, pero ni yo misma sabía dónde. Para encontrarlo debía esperar a que los policías, el testigo de Jehová y la vecina se fuesen, pero resultaba imposible convencerlos y uno de los agentes me agarraba del pelo y me decía que al día siguiente empezaría mi juicio.

Miguel escuchó la historia en silencio, sentado en la cama, iluminado por la luz blanquecina de la mesilla. Cuando hubo acabado, Laura le pidió un pijama y Miguel le dejó uno suyo. *Elvis* entró en la habitación y empezó a menear la cola.

—*Elvis*, hoy tienes que irte —le dijo cuando se acercó a la cama.

—Es un perro precioso.

—Normalmente duerme conmigo, pero hoy no se puede quedar.

—Si quieres, me voy yo —le dijo Laura guiñándole un ojo.

Lo echaron y se desnudaron otra vez mientras se besaban con un punto de agresividad. A la mañana siguiente, Miguel se volvió loco intentando localizar los calzoncillos que había perdido por la noche, pero no hubo manera de encontrarlos. Hasta llegó a hurgar en el bolso de su antigua compañera de instituto, por unos segundos convencido de que tenía a una maniaca sexual en la ducha. Allí tampoco los encontró.

Tan pronto como ella se hubo marchado, puso patas arriba la habitación sin resolver el problema. Solo escuchó el resuello del minúsculo *Elvis*, que lo observaba desde un rincón del dormitorio con las orejas en punta y el hocico hacia el techo.

Al cabo de un par de semanas, Nikki anunció por teléfono a su expareja que a final de mes regresaría *a casa*. La noticia lo dejó pasmado: solo quedaban diez días. De repente, el paréntesis de Nikki en el extranjero le pareció corto. Si se marchaba de Klagenfurt significaba que se rendía, que la otra vida no era posible y, lo más importante, que había aceptado que Miguel era su camino. Así se lo expresó a Laura esa noche, desnudos en el sofá.

—Lo tendremos que dejar, ¿no? —preguntó ella. Y a continuación suspiró y hundió la cabeza entre los cojines.

Miguel estuvo a punto de disculparse, pero se frenó antes de decir nada. Intentó tragarse el silencio indescifrable del salón con los ojos cerrados. Si los abría, no podría evitar coincidir con las lágrimas de Laura o con la mirada expectante de *Elvis*.

Cuando ya se hubo ido, Miguel miró con lástima a su mascota. Había tomado una decisión: tenía que deshacerse de él antes del regreso de Nikki.

El dueño de la tienda de animales se lo puso fácil. Le

encontró un nuevo amo en tres días. Aquella fue una de las semanas más complicadas en la vida de Miguel: no habría imaginado jamás que separarse de *Elvis* fuera a resultarle tan terrible. Había estado a punto de levantar el teléfono y cancelar todo media docena de veces, pero en el último momento desistió, convencido de que si era capaz de aquel sacrificio por Nikki (aunque ella no supiera nada del perro), jamás tendrían problemas.

El día que se despidió de su mascota, Miguel llamó a la peluquería canina y le dijo a su socio que tenía fiebre y debía guardar cama. Necesitó llorar un día entero. Cuando volvió al trabajo, todos los perros le recordaban al suyo. Estuvo a punto de perder los papeles cuando le tocó arreglar al pequinés de la señora Roig. Canijo y solícito, el animalito le lamió las manos cuando lo cogió para subirlo a la mesa donde lo esquilaría con pulso temblón y reprimiendo las lágrimas.

Esa misma noche, Miguel soñó que *Elvis* volvía a estar en casa. Ladraba para que saliera de la cama y él le hacía caso, todavía medio dormido, arreglándose el pijama. Después de besuquearle los pies, el perro metía el hocico en el espacio entre el cabecero y el suelo y sacaba los calzoncillos que había perdido la primera noche que había estado con Laura.

—¡Muy bien, *Elvis*! —chillaba Miguel mientras los recogía.

Después de lamerle un dedo, el animal volvía a hurgar en el mismo sitio y sacaba un calcetín que Miguel no recordaba haber perdido. Todavía rescató otro antes de ofrecerle un papel arrugado y lleno de babas donde se podían leer los primeros tres o cuatro componentes de una lista de la compra.

—Cuántas cosas hay aquí debajo, ¿eh? ¡Estás hecho un detective! —le decía acariciándole la cabeza, mientras el pequeño forcejeaba con algo más.

Elvis sacaba una cajita azul y la dejaba a los pies de su amo, que la miraba boquiabierto. Allí dentro estaba el anillo de compromiso que Miguel había perdido poco después de volver de Múnich, mientras todavía buscaba una fecha propicia para la cena de lujo que precedería la entrega ceremoniosa y, si todo marchaba bien, el noviazgo. Había pasado dos semanas de infarto, intentando localizar la cajita sin que Nikki se diese cuenta. No la había encontrado. Había terminado rindiéndose, convencido de que un lunes o un martes se tomaría el día libre para subirse a un avión, comprar el anillo y volver a casa con el botín. Gracias a ese detalle, habría boda: él estaba convencido de ello. Nikki se había ido a Klagenfurt antes de que pusiese en práctica su redención.

En el sueño, Miguel no abría la cajita azul hasta que *Elvis* hacía un gesto afirmativo con el hocico, como dándole permiso para continuar. Cuando lo hacía, el anillo resplandecía con la elegancia moderna de Nikki.

—¿Quieres casarte conmigo? —decía.

Se levantó repitiendo la frase. Miguel encendió la luz apresuradamente e, incluso antes de levantar la persiana, antes incluso de ir al baño, desmontó la cama pieza por pieza. En un rincón, camuflados por el polvo, estaban los calzoncillos y la cajita azul. El vecino de arriba no dio ninguna importancia al grito de victoria, fresco e hiperbólico, que le llegó atenuado por las entrañas de su apartamento.

Lo primero que vio Nikki el día que llegó a casa fue la cajita azul encima de la mesa del salón, acompañada de un ramo de rosas rojas y de una nota en la que se leía «Te quiero». Salió del piso corriendo después de haber espiado el contenido. Miguel no esperaba una reacción tan eufórica. Mientras esquilaba un afgano amuermado en la peluquería, oyó el revuelo en la entrada. No pudo ni dejar las tijeras en la bandeja. Nikki se le echó encima y, mientras le besaba la cara —el gesto tenía algo de canino—, le dijo que ella también lo amaba y que quería casarse con él.

Celebraron una pequeña fiesta después de la ceremonia en el ayuntamiento. Allí estaban los padres de ambos, el hermano de Nikki, seis amigas de ella y cinco amigos de él —acompañados de las respectivas parejas, si las había—, el socio de la peluquería —Alejandro— y su abuela, que había podido salir de la residencia con la condición de que la acompañase una auxiliar que se emborrachó antes del postre bajo la mirada desdeñosa de la anciana. En una visita al baño, Miguel vio que tenía un mensaje por abrir en el móvil. Decía: «Felicidades. Laura». Lo borró inmediatamente después de leerlo, pero luego lo lamentó, porque no tenía el número de la antigua compañera de instituto guardado en la agenda. Quedaría como un imbécil, pero no podía dar marcha atrás: el mal ya estaba hecho. Se lavó las manos y regresó al gran comedor del restaurante navarro donde celebraban el convite.

Como no había tenido tiempo suficiente de ahorrar para ir a Australia, Miguel le propuso a Nikki una alternativa de viaje de novios menos espectacular. La generosa aportación de los padres de ambos les permitió replantearse su sueño. Finalmente, consiguieron billetes para Adelaida, con la intención de ir en coche hasta Brisbane. Desde allí bajarían hasta Sidney y pasarían por Canberra y Melbourne antes de coger un barco hasta Tasmania. Una vez hubieran recorrido la isla, volverían a Sidney, desde donde volarían a Yakarta, donde pasarían una noche antes de subirse a un avión con dirección a Estambul y, de allí, volverían a Barcelona.

Después de cortar el pastel y darse el último beso fotografiable, la anciana hizo un gesto a su nieto para que se le acercara y le pidió que no se marchara de viaje.

—Tengo un presentimiento —dijo—. Me parece que sucederá un desastre. Una calamidad.

Miguel le estampó un beso en la frente y le prometió que al cabo de un mes le llevaría un pequeño canguro de plástico que podría poner encima de la tele y que la vigilaría hasta cuando durmiese.

—Ya no necesito nada, hijo.

Cogió una de las manos de la abuela y le dio otro beso en la frente. El último.

La pantera de Oklahoma

*«At times like this, I wish I was
but a simple peasant.»*
Inspector Clouseau

El autor de una serie de sesenta y ocho novelas de misterio ambientadas en Albacete había quedado para cenar con su traductor al catalán. Hombre meticuloso y exigente hasta niveles obsesivos, el novelista leía las traducciones después de que estas pasaran por el corrector de estilo y el ortotipográfico y las revisaba siempre durante una comida —preferiblemente una cena— con el traductor. El proceso había sido siempre el mismo: el autor lo llamaba y le pedía que reservara mesa, recordándole la ojeriza que le tenía a la cocina japonesa y a la nepalí; se presentaba media hora tarde a la cita y, cuando llegaba se inventaba una excusa inverosímil que el traductor no se tragaba, pero que ayudaba a reafirmar la posición de superioridad del autor; jamás quedaba satisfecho con lo que habían comido y, cuando repasaban el texto, enfatizaba las pifias con desmesura, aunque cada vez encontraba menos; pagaba él, pero de la ronda de cócteles posterior se encargaba el traductor y, en algunas ocasiones, le había tocado desembolsar una cantidad superior a la de la cuenta en el restaurante.

La noche que tocaba repasar la novela número sesenta y nueve, el autor estaba de un humor de perros. Su mujer le había dejado no hacía ni dos semanas y tenía la intención de transmitir cada una de las frustraciones que sentía al otro comensal. Lo haría de la forma más egoísta posible: cargándose la traducción —que era casi perfecta— y, si era necesario, rompiendo la relación con el hombre que había tenido, a excepción de él mismo, el contacto más constante y próximo con su mundo creativo plagado de crímenes, personajes turbios y sexo en hoteles de carretera.

Antes de ir al restaurante, pasó por una coctelería que no frecuentaba mucho y se bebió tres *singapore slings* en poco menos de media hora. Excepcionalmente había decidido cambiar el orden de la velada: él pagaría las copas y, de la cena, se ocuparía el traductor.

Sin embargo, cuando llegó al restaurante, el hombre no le esperaba dócilmente en la mesa que habían reservado. Tenía la cazadora de siempre —vaquera y descolorida— colgada de una silla. Encima del mantel había también la misma carpeta marrón en la que cargaba los manuscritos desde hacía sesenta y ocho traducciones. El autor se sentó en la silla de enfrente y pidió una copa de vino blanco para matar el tiempo. ¿Cuánto rato tendría que esperar? ¿Un par de minutos? ¿Cinco a más tardar?

—La que se va a armar —murmuró el autor después del segundo sorbo de vino.

Pasaron dos minutos. Y cinco. Y diez. Ya había vaciado media copa de vino cuando se levantó para preguntar al camarero si sabía dónde había ido el hombre con el que había quedado.

—Claro —respondió, enfundado en unos pantalones

negros que le hacían bolsa y una camisa blanca un poco amarillenta.

Lo condujo hasta el salón de no fumadores e hizo que se detuviera en la entrada.

—¿Le ve? Está allá al fondo, con la chica del vestido de color crema.

El autor entrecerró los ojos para intentar enfocar con precisión a la pareja de la mesa más alejada del restaurante. La mujer del vestido de color crema le daba la espalda. Desde allí veía sus hombros desnudos, modelados por la natación y el *body combat*, y también un palmo de vestido, que bajaba haciendo una curva atractiva hasta que el respaldo impedía continuar siguiéndole la pista. Muy cerca tenía un buitre desgreñado —el traductor—, hablándole con una inquebrantable sonrisa.

—No se imagina cómo me gustaría estar en el lugar de su amigo —dijo el camarero al autor—. Me dedico a esta profesión desde hace veintitrés años y sé cuándo estamos ante una señorita bien adinerada. Nos encontramos ante uno de esos casos. Una americana que no sabe cómo gastar sus millones. Pero su amigo me ha tomado la delantera...

El autor no quería seguir escuchándolo. Si cuando había llegado al restaurante ya estaba de un humor de perros, ahora le costaba controlar el odio que se acumulaba en su interior y apuntaba directamente al traductor, dispuesto a aplastarlo sin un ápice de clemencia. Se le acercó sin hacer ruido y lo atacó por la espalda.

—Hace rato que te espero —le dijo, sorprendido de poder controlar el volumen y el tono de la frase.

Dos pares de ojos juguetones lo enfocaron: los del traductor, que eran oscuros y vulgares, y los de la desconocida, verdes y dulcificados por el alcohol.

—*One moment, please* —le dijo a la mujer antes de dirigirse al autor—. Ahora voy. Perdona.

—Si te parece, nos reunimos aquí mismo.

—Lo siento —insistió el traductor. Miraba los cubiertos de la mujer, todavía impolutos. Ella tenía la vista fija en uno de los cuadros abstractos que colgaban de la pared.

El autor se llevó al traductor a su mesa. Ambos fueron escoltados por el camarero, que no podía disimular una sonrisa de satisfacción adolescente de oreja a oreja.

La cena fue un desastre. El autor empezó a atacar la traducción antes de que llegara el primer plato. El traductor apenas probó los canelones de manitas de cerdo: los comentarios insultantes le hicieron perder el apetito. El novelista, en cambio, pudo compaginar el ejercicio crítico con el tartar de salmón con aguacate.

—Esta es la última vez que trabajas para mí —se permitió declarar cuando les retiraron los platos.

El traductor, que había aguantado el chaparrón sin mediar palabra, vació el agua de la copa en tres largos tragos y dijo:

—Sé que estás pasando por un momento difícil.

—Te equivocas. Estoy acabando dos novelas más.

—No me refería a eso, y lo sabes.

El autor levantó su copa —otra vez medio llena de vino blanco—, se la acercó a los ojos y volvió a dejarla en la mesa.

—Vete a la mierda —dijo.

—Me parece que será mejor que nos veamos otro día.

—Sí, señor.

—Creo que será mejor para los dos.

—Evidentemente. Lo mejor que puedes hacer es irte con tu putita yanqui. Con un poco de suerte acabarás tirándotela.

Este último comentario molestó al traductor, que tiró la servilleta a la mesa y se revolvió en su silla mientras guardaba el manuscrito en la carpeta marrón.

—Te cuesta muy poco dejarme plantado —continuó el autor—. Todos hacéis igual. Hijos de puta.

—No seas injusto —respondió el traductor mientras apartaba la silla, se levantaba y se iba al salón de no fumadores.

—Ya te llamaré para saber cómo te ha ido con esa...

El autor no terminó la frase, porque mientras el traductor se alejaba con la carpeta bajo el brazo, ya había tomado la decisión de arruinarle la noche.

Cuando el camarero regresó con los segundos platos —dos raciones de bacalao con *samfaina* que todavía humeaban—, no le sorprendió encontrar solo al autor:

—Acabo de ver a su amigo con la señorita —le dijo.

—No es amigo mío: trabaja para mí —protestó, y después de una pausa mínima añadió—: *Trabajaba*, para ser exactos.

—¿Lo ha despedido?

—Más o menos.

—¿Esta noche?

En vez de responder a la última pregunta, el autor se interesó por la mujer.

—Quiero saber más cosas —dijo, y ni siquiera hizo falta mostrarle un par de billetes arrugados al camarero, que lo miraba con los mismos ojos cansados de un rape de oferta en un puesto del mercado.

—Tiene suerte. He hablado un poco con ella —explicó, en clave de confidencia trovadoresca—. Me ha preguntado si había visto *La pantera rosa* y yo le he dicho: «*The cartoons?*». Los dibujos animados, me entiende, ¿verdad? —El autor afirmó despectivamente con la cabeza. —Ella me ha dicho que no. «*The film?*», le he preguntado. Y ella ha contestado: «*Yeah!*». Y me ha dicho que el director de la película era su abuelo.

—¿Blake Edwards? —La curiosidad le hizo superar la rabia que sentía: las comedias de Blake Edwards eran su primer recuerdo cinematográfico.

—No lo sé, supongo que sí. Soy muy malo recordando nombres —se excusó el otro—. La señorita... me ha dicho que es de Oklahoma y que lleva dos meses viajando sola por Europa. Ha llegado de París esta mañana y se quedará tres días en Barcelona. Su amigo ha sido muy hábil. Si no me llega a tomar la delantera...

El autor repasó de la cabeza a los pies al camarero: tenía una barriga considerable y una papada prominente, peculiaridades poco indicadas para seducir a la nieta de Blake Edwards.

—Tenga en cuenta que hace veintitrés años que me dedico a esta profesión.

—Ya me lo ha dicho antes. No lo había olvidado.

—Puedo contar con los dedos de una mano las oportunidades que he tenido para montármelo con una mujer rica en todo este tiempo.

—Nada menos que con la nieta de Blake Edwards.

—Como usted quiera. Yo hace rato que la he bautizado. Para mí, ella es la pantera de Oklahoma.

El camarero no pudo evitar soltar una sonora carcajada que molestó tanto al autor que en ese mismo momento tomó dos decisiones: poner el punto final a esa conversación y no dejar ni un céntimo de propina a ese *sinvergüenza.*

La nieta y el traductor salieron del salón de no fumadores casi una hora después. El novelista encadenaba un cigarrillo tras otro y tiraba la ceniza en el platito que le habían entregado con la cuenta. Cuando los vio, los movimientos de la chica, en vez de recordar a felinos altamente peligrosos, invitaban más bien a pensar en la sinuosidad hipnótica de las serpientes. El traductor ni siquiera le dedicó una mirada cuando pasó a su lado. A medida que se le acercaba, se atrevió a colocar una de sus manos esqueléticas sobre la cintura de la mujer, como si de esta manera quisiese evidenciar que el animal —por muy feroz o venenoso que pudiera ser— estaba bajo control.

—Miserables —dijo el autor cuando los tuvo lo suficientemente lejos como para que no lo oyeran.

Se levantó tan pronto como hubieron salido del restaurante, dispuesto a seguirlos.

El autor había publicado sesenta y ocho novelas de misterio ambientadas en Albacete, pero era incapaz de comportarse con la perspicacia y el encanto de su personaje estrella, el detective Trujillo. Se las ingenió para no perder de vista a la pareja que perseguía y esperó diez minutos delante del bar donde habían entrado. Fumaba, aburrido, y cuando le sonó el móvil, lo apagó sin ni siquiera mirar quién llamaba. Después de aplastar el segundo cigarrillo con un pisotón contundente, el autor entró en el bar y fue descubierto enseguida por el traductor, que le dedicó una mirada de disgusto aprovechando que la chica daba un largo trago al cóctel. El autor se instaló en la barra y pidió un whisky doble.

—Sin hielo —exigió al camarero, que tenía ambos brazos decorados con tatuajes que reproducían pasajes bíblicos.

Desde donde estaba podía observar sin esfuerzo la conversación entre el traductor y la nieta de Blake Edwards. Él gesticulaba mucho. Ella lo escuchaba con toda la paciencia del mundo y, de vez en cuando, se le dibujaba una sonrisa en el rostro que el autor interpretaba como forzada.

—Le costará trabajo zampársela —murmuraba cada vez que tenía ganas de beber un poco de whisky. Si alguien lo hubiese observado más de dos segundos, habría pensado que se trataba de un pobre borracho enumerando miserias frente a su enésima, confesional y triste copa.

Al cabo de media hora, la pareja salió del bar. El autor se apresuró a pagar el par de whiskies dobles que se había ventilado y volvió a seguirlos. Antes de doblar la segunda esquina, el traductor se volvió y le lanzó una mirada asesina. El mensaje que interpretó el autor fue que su antiguo colega quería un poco más de intimidad. Le concedió el deseo y, cuando la pareja entró en otro bar —el lugar donde normalmente iban a tomar cócteles: allí era donde las cuentas habían llegado a superar las de los restaurantes—, se fumó un par de cigarrillos antes de encender de nuevo el móvil y comprobar que la llamada anterior era de su exmujer. Se la devolvió, pero saltó el contestador.

—No sé qué querías, pero me la suda bastante —dijo después del mensaje de rigor y el pitido del contestador—. Me la suda mucho, en realidad: no sé por qué estoy llamándote. A la mierda.

El autor colgó el teléfono. Entonces llamó a su hermano pequeño, el único que todavía aguantaba sus ataques de rabia sin mandarlo a paseo. También acabó saltando el contestador y colgó antes de proferir una colección de insultos imponentes que lo motivaron a cruzar la puerta del bar.

Una vez dentro, se sentó a la barra y saludó al camarero de siempre, que después de soltar un buenas noches entre cordial y enigmático le hizo un gesto con la cabeza señalando al traductor.

—Ya sé que está aquí —dijo el autor sin camuflar su desprecio hacia su *antiguo* colaborador—. Hoy ha venido mejor acompañado que de costumbre, el muy cabrón.

—La mujer es americana. Parece que se han conocido hoy.

—¿No sabe quién es?

—¿Por qué lo tendría que saber?

—Es una puta de lujo —dijo el autor colocándose dramáticamente un cigarrillo en los labios—. Se hace llamar *la pantera de Oklahoma*.

Una hora y media más tarde, la mujer, el traductor y la carpeta marrón con el manuscrito salieron del bar. Ambos miraron de frente al autor, se le veía en los ojos que había bebido demasiado e intentaba ligar con una rubia embutida en un vestido verde esmeralda que le seguía la corriente porque él le había prometido que pagaría las copas. El autor no se dio cuenta de que salían. Continuó charlando y dando pequeños sorbos a su *whisky sour*, el cóctel que tomaba para rematar la noche. Minutos después, cuando volvía del baño, se dio cuenta de que la pareja a la que perseguía acababa de desaparecer.

—¿Dónde están esos dos? —preguntó al propietario del bar.

El autor arrastraba las eses. El aire se le escapaba de dentro: era un globo agujereado.

—Su amigo se ha llevado el gato al agua. Le habrá salido cara la broma.

—Seguro.

El autor regresó con su rubia y, en vez de decirle algo, sacó el bloc de notas minúsculo y el boli que llevaba en el bolsillo de la camisa y apuntó tres líneas de diálogo:

DETECTIVE TRUJILLO: ¿Dónde están esos dos?

BARMAN: Su amigo se ha llevado el gato al agua. Le habrá salido cara la broma.

DETECTIVE TRUJILLO: Podría llegar a costarle la vida...

Serían las primeras líneas de la nueva aventura de su personaje estrella. Ya lo tenía decidido: haría trizas los tres capítulos aburridos y misóginos que había logrado escribir desde que su mujer se había marchado de casa.

—¿Qué haces? —le preguntó la rubia, que jamás habría imaginado que estaba sentada al lado de alguien que se ganaba la vida escribiendo novelas de misterio.

—No es asunto tuyo.

El autor pagó las copas y salió del bar con un cigarrillo encendido en los labios. Cada calada que daba le iba descubriendo ángulos del laberinto argumental de su nuevo libro. Llegó a casa empapado en sudor y eufórico, dispuesto a empezar la gran ficción que lo mantendría alejado de su miserable vida durante dos, tres, cuatro meses. Cuando estuviese lista, llamaría al traductor —si todavía estaba vivo— y le pediría perdón antes de preguntarle por el final de la noche con la nieta de Blake Edwards, una mujer de hombros bien torneados que se movía con la sinuosidad de las serpientes, aunque todo el mundo la asociara con otro tipo de animal mortífero. Antes de mentarlo se santiguaban y abrían los ojos de par en par:

—Ya está aquí —decían, como si hablasen de una maldición egipcia—. Terrible. Mortífera. La pantera de Oklahoma.

Àngels Quintana y Félix Palme tienen problemas

«Hey mumma / look at me /
I'm on my way to the promised land.»
AC/DC, *Highway to Hell*

«I might look like a cool guy, but I am most
sentimental. I care about others,
not too much about myself.»
Aki Kaurismäki

Los turistas adoran Barcelona, pero la ciudad atraviesa un momento delicado. En el paseo de Gracia se han instalado algunas de las tiendas más caras del mundo. Ciutat Vella resplandece con la orina de los visitantes ingleses, suecos, italianos y rusos, que se mezcla sin reparo con las evacuaciones líquidas autóctonas. En Sarrià, Sant Gervasi y Les Corts hay vecinos que tienen como única ocupación pasear al perrito y conservar el patrimonio familiar. Pedralbes posee una importante concentración de casas con jardín, porteros de uniforme y escuelas de negocios; no es difícil encontrar a mujeres rejuvenecidas gracias a la varita mágica del quirófano. El Poblenou ha sido conquistado recientemente por una multitud de hoteles de lujo y por empresas que se dedican a contactar con el más allá tecnológico. El Eixample está lleno de viejos y de algún joven heredero que todavía no sabe si continuar estudiando, probar suerte en el extranjero o colgarse de la araña del salón. El barrio de Gràcia quiere continuar alojando diseñadores, artistas y estudiantes obsesionados con ver cine o series en versión original subtitulada. Eran gente con suerte hasta que empezaron a perder sus empleos: pronto no podrán permitirse los alquileres, son demasiado altos, y deberán instalarse en algún rincón deslucido de Sants, Nou Barris o Sant Antoni, donde todavía se puede vivir por un precio más o menos asequible. Hay quienes, expulsados de estas zonas, tienen que buscarse un apartamento en un lugar todavía más modesto, casi siempre situado en los límites de la ciudad: la Verneda, el Bon Pastor, Ciutat Meridiana, la Marina de Port.

Àngels Quintana y Félix Palme habían tenido que probar suerte tras las fronteras barcelonesas mudándose a L'Hospitalet. Durante casi dos décadas habían vivido de alquiler en un piso de Hostafrancs, pero hace unos meses tuvieron que trasladarse a un callejón sucio y mal comunicado de L'Hospitalet que, paradójicamente, llevaba nombre de ingeniero. Se habían conocido cuando tenían veintiún años en un curso celebrado en un hotel de Lloret. Félix no había tenido mucha suerte en el mundo laboral y pronto aceptó que no podía aspirar a otra cosa que no fuese encadenar contratos temporales en pensiones donde el mayor reto era mantener a raya las plagas de insectos. Llevaba el pelo recogido en una cola de caballo que se soltaba cuando no estaba trabajando. Fuera del entorno laboral también vestía de cuero y calzaba botas con puntera de hierro: de esta forma se aseguraba de que si alguna vez tenía que dar un puntapié, los efectos serían un poco más dolorosos. Àngels había sido más tenaz que su pareja y durante unos años trabajó de azafata en acontecimientos de todo tipo. Más tarde pasó por unos cuantos hoteles, donde había limpiado habitaciones y servido desayunos. Hasta había sido recepcionista de un museo privado durante todo un año. El hombre que la contrató le puso una única condición: mientras estuviese detrás del mostrador, atendiendo a los visitantes y respondiendo al teléfono —«Sonará a menudo», le advirtió—, tendría que esconder como fuese el par de dragones tatuados que lucía en un brazo.

Desde que estaban juntos, Àngels y Félix habían gastado gran parte de sus sueldos en salir de noche. A ambos les gustaba el whisky y los bares donde podían pillarla escuchando a Alice Cooper, W.A.S.P. y AC/DC. Cuando sonaba *Highway to Hell* dejaban de lado a sus amigos y se besaban lúbricamente.

—¡Otro *shot* de Ballantines! —gritaba él.

Los camareros ya conocían su vocabulario de experto y le toleraban las extravagancias. Àngels y Félix, sin embargo, sabían muy poco inglés, lo justo para pedir toda clase de consumiciones alcohólicas y para averiguar cuántas noches se quedaría el cliente en el hotel y si quería pagar con efectivo o tarjeta. Aun así, cuando aullaban *«My single room is hot!»* o *«Pour me another tequila»*, sus amigos quedaban anonadados por su cosmopolitismo.

—Sois la hostia, tíos: yo en vuestro lugar me iría a Londres e intentaría tirar *p'alante* como fuese. Seguro que lo conseguiríais antes que muchos cerebritos —los animaba Víctor, que se ganaba muy bien la vida como estibador.

Nunca se tomaron en serio las palabras de su amigo, que había muerto un domingo por la mañana hacía cinco años. Tuvo un derrame cerebral mientras se duchaba.

—Por lo menos no ha sufrido —comentaban algunos familiares en el tanatorio.

Silvia, su última pareja, fumaba un cigarrillo tras otro en la entrada del edificio, un espacio neutro, aséptico y profundamente perturbador. Si se hubiese quitado las gafas de sol, todo el mundo habría visto sus ojos inyectados en sangre: se había vuelto a pasar con los ansiolíticos.

Cuando cumplieron los cuarenta, a Àngels Quintana y a Félix Palme les empezó a costar un poco más encontrar trabajo. Sus perfiles cada vez estaban más lejos de lo que la mayoría de hoteles y bares de copas buscaban. Barcelona quería transmitir juventud. Los tatuajes solo quedaban bien en pieles de quince a treinta y cinco años. Félix se rindió antes que Àngels, en parte por sus problemas con el alcohol.

—Las pensiones de mierda también han subido el listón... Ya no soy más que un dinosaurio —dijo, al borde del llanto, el día que lo despidieron.

Antes de regresar a casa, Félix había comprado dos botellas de Ballantine's en el súper. Se había bebido media en un parque y solo había parado un rato cuando intuyó que había policías cerca. En casa siguió bebiendo con una abnegación total y, en consecuencia, desmedida. Àngels lo había encontrado tendido en el sofá, a punto de abrir la segunda botella.

—Angi, preciosa —empezó—. Las pensiones de mierda también han subido el listón... Ya no soy más que un dinosaurio.

El dinosaurio empezó a llorar lágrimas tibias y desconsoladas. Para calmarlo un poco, Àngels también tuvo que servirse una copa de whisky.

—El mundo reclama nuestra extinción.

—Quizá mañana tengamos más suerte.

Se durmieron abrazados sobre la alfombra turca de la sala de estar, regalo de unos amigos que la habían traído de Estambul hacía años.

Àngels continuó sirviendo cervezas, aperitivos, patatas bravas y aceitunas en la Barceloneta hasta que, tres meses después del último despido de Félix, el jefe la sustituyó por una dominicana de diecinueve años: las caderas sinuosas y las camisetas escotadas fueron decisivas para tomar la decisión.

—El hijo de puta prefiere quedarse con la putita —le dijo por teléfono a Félix—. Me acaba de poner de patitas en la calle.

—¿Quieres que le parta la cara?

Àngels sabía que Félix era incapaz de hacer daño a nadie. Tampoco creía que cuatro tortas —y menos aún una paliza— consiguieran que su jefe cambiara de opinión.

—No hace falta —respondió—. Ahora voy para casa.

La mañana siguiente fue día de marcar territorio. Félix se apuntaló en el sofá, fingiendo seguir un magacín que dedicó una hora a comentar los problemas de una nueva estación de AVE y otra a hablar de plantas medicinales. Àngels se tuvo que conformar con la habitación donde guardaban los libros, los discos y la tabla de planchar. Se instaló en una butaca que normalmente estaba cubierta de ropa e intentó leer, pero se aburría: le era imposible avanzar diez líneas sin que la concentración se escapase por la ventana.

Una semana más tarde, empezó a buscar trabajo en bares que quedaban cerca de casa. Tuvo suerte de que en ninguno de ellos la quisiesen: el ambiente era depresivo (hombres a quienes les acababa de abandonar la mujer) o demasiado sórdido (viejos que se propasaban después de la segunda copa). Acababan de entrar en el año 2011 y la crisis, que había sido oficialmente inaugurada hacía dos años, empezaba a notarse de verdad. Àngels trabajó unos meses en un restaurante de carretera, cerca de Castelldefels. Poco después de volver a quedarse sin trabajo, a Félix se le acabó el paro. Fue cuando se vieron obligados a dejar el piso de Hostafrancs.

—Nos vamos al Hospi —dijo Àngels la noche que se despidieron de los amigos en un bar donde predominaba la música *country* y la estética *cowboy*.

—Hostafrancs cuesta una pasta. Se está volviendo demasiado pijo —añadió Félix.

—¡Un brindis a vuestra salud!

—¡Buena suerte!

La media docena de amigos levantaron las jarras de cerveza al unísono y las hicieron chocar en el centro de la mesa. Dos horas después, cuando salieron del local con la cabeza abotargada, prometieron volver a verse pronto y regresaron a casa sin demorarse demasiado: los hombres tenían que mear otra vez.

El piso que alquilaron en el callejón con nombre de ingeniero quedaba cerca de una gasolinera y de una sucursal de Fecsa.

—Al menos tendremos una muerte violenta asegurada —dijo Félix un domingo mientras tomaban el aperitivo en una terraza que quedaba enfrente de la fortaleza eléctrica.

—*Highway to Hell!* —exclamó Àngels antes de soltar una carcajada que quería ser demoniaca.

Félix aún no parecía dispuesto a retomar su actividad laboral y Àngels se las vio y se las deseó para convencerlo de que no se podía quedar en casa para siempre. Ambos empezaron a buscar trabajo en bares y restaurantes de toda el área metropolitana. *Vengo a ofrecer mis servicios... Tengo una amplia experiencia en este sector.* Él tuvo suerte antes. Lo contrataron de camarero en el turno de mediodía de un local de la Rambla. La excesiva presencia de turistas ponía a prueba el inglés de batalla de Félix. A veces perdía los nervios y tenía que pasar por el lavabo, donde tomaba un traguito de whisky de la petaca que escondía en uno de los bolsillos del pantalón. Las generosas propinas compensaban el esfuerzo: así fue, al menos, el primer mes.

Àngels también encontró trabajo. Servía copas en un bar cerca de la plaza Universidad, donde la mayoría de clientes eran alumnos de la facultad de letras.

—Creen que llegarán a ser escritores famosos, pero aún les queda un buen trecho —le dijo un día a su compañera de barra, que se llamaba Jose y ponía siempre cara de asco.

—Los estudiantes de mates aún son peores. Una vez vino uno que se quedó dormido en el retrete mientras rellenaba una página con fórmulas. Me lo encontré mientras limpiaba... Me dio yuyu.

Si bien al principio le parecían un poco arrogantes, a Àngels le habría gustado tener más contacto con los universitarios. Había tardes que se demoraba un poco más de lo necesario repartiendo las cervezas para atrapar el hilo de las conversaciones e imaginar su continuación cuando volvía a la barra. En general, no eran gran cosa, pero la considerable inventiva de su cerebro —estimulada por el

consumo de cerveza— le permitía construir historias inve-
rosímiles. Jose se partía de risa cuando se las contaba.

El panorama doméstico era menos divertido. Félix fue
despedido del restaurante de la Rambla al segundo mes.

—Dicen que mi conducta es agresiva —explicó a Àngels por teléfono.

La voz pastosa indicaba que llevaba horas bebiendo.

—Félix, ¿estás bien?

De fondo se oían voces escandalosas y un televisor a
toda leche.

—¿Necesitas que vaya a buscarte?

—¿Te piensas que soy un crío, Angi? Hasta luego.

Félix colgó el teléfono y continuó emborrachándose.
No apareció por casa hasta el mediodía siguiente. Aunque Àngels no toleraba ese hábito, se tumbó en la cama
vestido con la ropa que llevaba puesta; cuando se volvie-
ron a ver esa noche estaba arrepentido, pero fue incapaz
de explicar por qué le habían despedido.

—Me dijiste que te echaron por conducta agresiva.
¿Te peleaste con alguien?

—¿De dónde sacas eso?

—De ti, lo saco. Me lo dijiste tú.

—Te estaba gastando una broma.

—No me lo pareció.

—No es asunto tuyo, Angi.

Félix había perdido la paciencia por culpa de un grupo
de diez clientes noruegos. Habían reservado la terraza,
pero cuando pusieron los pies en ella se horrorizaron:
les daba demasiado el sol. Sin disimular su mal humor
habían exigido que los cambiasen de sitio.

—*You have to wait fifteen minutes* —tuvo que admitir
Félix.

—*Outdoors? No way!*

El hombre que actuaba de portavoz de la expedición exigió hablar con el encargado del local. Alegó que los noruegos eran muy sensibles al sol y puso de ejemplo una mujer que se rascaba los brazos enrojecidos. Era evidente que el origen de esas quemaduras se remontaba más allá de los cinco minutos que habían pasado en la terraza. Aun así, Félix fue a buscar al encargado sin objetar nada, mientras imaginaba el largo paseo de los noruegos por el puerto. Seguro que habían parado en alguna terraza y no habían podido evitar probar el vermut rojo y los berberechos con salsa picante.

Ambas partes llegaron rápidamente a un acuerdo. Era posible colocar al grupo en dos mesas que habían sido reservadas para las tres de la tarde.

—Todavía queda un buen cuarto de hora. Cuando lleguen los otros, los entretenemos un rato y les ofrecemos el sitio de la terraza. Hay que venderla como un espacio exclusivo, con vistas al mar, aunque el mar prácticamente no se vea desde aquí. ¿Estamos? Se trata de fabricar la realidad que nos conviene.

Igual que otras veces, el encargado aprovechó la ocasión para aleccionar a Félix, que se mordió la lengua hasta poco después de tomar nota a los noruegos. Los diez optaron por el menú de once euros, pero pidieron tres botellas de vino tinto que costaban lo mismo que toda la comida. Félix fue a buscarlas a la pequeña bodega que tenían en el mismo cuartucho donde guardaban los productos de limpieza. Dio un largo trago al whisky de la petaca, con tan mala suerte que tres gotas le resbalaron por el cuello y le ensuciaron la camisa blanca. De vuelta al comedor, el portavoz de los noruegos observó la mancha y se permitió hacer un comentario a sus compañeros, que miraron al camarero con mala cara. Félix todavía descorchaba la primera botella de vino cuando una de las tres mujeres del grupo censuró que hubiese bebido. Solo tuvo que cazar tres palabras al vuelo —*drinking, work* y *nasty*— para perder el control: primero vació un cuarto de botella de vino en la cabeza de la mujer y, cuando el portavoz se levantó de la silla, con las dos manos clamando justicia al cielo, a punto de estrangular al camarero, este avanzó y le roció la camisa con el vino que quedaba.

Àngels no pudo saber nada de todo eso hasta pasados unos días. Esperó para investigar un poco a que Félix estuviera medio borracho en el sofá de casa. Su hombre acabó confesando que después de atacar a los noruegos había pegado un puñetazo al encargado. Y en vez de salir corriendo, había aguantado el chaparrón: sabía que así tenía muchas más posibilidades de que el restaurante no le denunciara.

—Qué orgullo, ¿verdad, Félix? A mí se me caería la cara de vergüenza —se quejó Àngels mientras apagaba el cigarrillo en el cenicero.

En la tele, un grupo de tertulianos hablaba de las últimas medidas de austeridad *sugeridas* por la Comisión Europea y el Banco Central Europeo.

Àngels continuó sirviendo cervezas y raciones de patatas bravas a los estudiantes de letras. Félix ya no tenía ninguna intención de encontrar trabajo. Además de emborracharse a menudo, de vez en cuando salía de casa y volvía a Hostafrancs. Primero simplemente se dedicó a dar paseos nostálgicos, pero un día llegó andando hasta Les Corts. Allí, indignado por la altivez de una señora que exhibía su pequinés en un parque, le arrancó la correa de un tirón y se lo llevó corriendo. Acabó metiendo el animal dentro de una papelera, consciente de que era incapaz de ir más allá. La señora pudo recuperar su mascota con la ayuda de un par de policías. Cuando tuvo que describir al delincuente repitió tres veces la palabra «rumano», aunque reconocía no haberle visto la cara en ningún momento.

—No se preocupe, señora. Encontraremos al agresor —le dijo uno de los agentes.

El otro se limitaba a asentir. Se olvidaron del caso tan pronto como hubieron cruzado la primera calle.

Al cabo de unos días, Félix actuó de nuevo en Pedralbes. Merodeó por varias manzanas, inspeccionando a qué portero le podía jugar una mala pasada. Tenía la intención de mangar alguna americana y probársela lejos del lugar del hurto. Lo dejó al cabo de un rato, cuando poco después de pedirle un cigarrillo a un transeúnte, mientras se lo fumaba apoyado en una farola, se percató de la aparición de un coche patrulla y se sintió observado por los dos agentes que había dentro. Félix supo que incluso antes de cometer ningún delito ya estaban seguros de que era «un maleante, un perdido, un macarra».

Esa noche, mientras cenaban, explicó la escena detalladamente a Àngels.

—¿Y qué se te había perdido a ti allí arriba, en Pedralbes? —le espetó ella.

—Fui a dar un paseo.

—Un paseo. Fantástico. En vez de buscar trabajo, te dedicas a pasear.

—De eso se trata precisamente, cariño.

Habiendo pronunciado estas palabras, Félix se levantó de la silla y se fue al sofá. Más tarde, se negó a desplazarse hasta la cama y, cuando Àngels se levantó por la mañana, lo encontró durmiendo a los pies del sofá. Probablemente se había caído. Aunque su sueño era profundo, una de sus manos seguía agarrada como un garfio a la botella de whisky, ya prácticamente vacía.

—Tenemos problemas —dijo Àngels, rascándose un muslo.

Félix siguió roncando hasta las doce. Se levantó arrepentido y se fue al mercado a comprar pescado y un buen vino blanco en la única tienda *delicatessen* del barrio. Por la tarde cocinó lenguado *à la meunière* y mejillones con tomate, ajo y perejil. Cuando Àngels volvió del bar, la casa desprendía un olor tan apetitoso que perdonó a Félix enseguida.

Después de comer, se encerraron en la habitación. La pareja se limitó a abrazarse con la luz apagada. Él prometió que volvería a buscar trabajo. Ella le pasó la mano por el pelo, que se había lavado aquella misma tarde —después de días de acumular grasa— y le dijo que lo quería.

Pero la bonita velada no les solucionó la vida: Félix siguió bebiendo demasiado whisky y aventurándose por barrios barceloneses. El día que visitó Gràcia se dedicó a meter plátanos en los tubos de escape de una docena de motocicletas que él suponía propiedad de diseñadores o seudointelectuales (para él, un seudointelectual era periodista o profesor de instituto). Cuando comprobaba que el camino estaba despejado para ejecutar su misión, atascaba otro tubo de escape con un plátano. Después de proclamar una consigna incomprensible, continuaba caminando. Escondía todo su arsenal en una mochila que había utilizado para ir de excursión a la montaña con un grupo de amigos cuando tenía veinte años. Cada vez que la abría o la cerraba, recordaba alguna de aquellas salidas, interminables y exasperantes. Las había dejado porque nunca había sido capaz de gustar a ninguna de las chicas de quienes se enamoraba a primera hora de la mañana y a quienes olvidaba cuando les decía adiós a la salida del metro o, con suerte, en el portal de casa. No había sacado nada de ellas, ni siquiera un comprensivo y a la vez mísero abrazo.

La fórmula de los plátanos le resultó tan satisfactoria que continuó empleándola en los siguientes paseos delictivos. Atascó tubos de escape en varios puntos de la Diagonal, empezando por Poblenou y acabando en Zona Universitaria. Más adelante expandió sus incursiones por el barrio Gótico, donde añadió alguna micción desolada en sucias plazas, y después por Sant Gervasi y de nuevo por Sarrià. Entonces, un día que fue a comprar materia prima a una frutería del barrio, el vendedor lo miró socarronamente y le preguntó:

—¿Para qué quiere tanto plátano?

—¿Cómo dice?

El hombre frunció el ceño:

—¿No vio el telediario anoche?

Félix se encogió de hombros. Empezó a sentir punzadas en el estómago.

—¡El ejército de los plátanos! —chilló el vendedor.

—No sé de qué me habla.

—Dicen que es una nueva forma de protesta. Meter plátanos en el tubo de escape de un coche, de una moto o de lo que sea para ahogarles el motor. Los que lo hacen, créame, son unos hijos de puta, y punto.

Félix le dio la razón, pagó los plátanos y se los llevó a casa, intrigado por averiguar qué parte de verdad tenían las palabras del vendedor. Se sirvió una copa mientras encendía el televisor y sintonizaba uno de esos canales donde todo el día repiten las mismas noticias. Ni rastro del ejército de los plátanos. A punto de empezar el segundo whisky, optó por un magacín. La noticia se hizo esperar, pero acabó llegando en forma de reportaje. Una periodista explicaba, a pie de calle, que varios barrios de Barcelona habían sufrido ataques vandálicos.

—Si hace unos años en Francia quemaron miles de coches en pocas semanas, en Barcelona de momento la protesta tiene consecuencias menos funestas, pero empieza a indignar a los vecinos.

La cámara, que enfocaba una moto, se acercó al tubo de escape. En su interior, alguien había metido un plátano.

—La madre que me parió —murmuró Félix.

A partir de ese momento, el reportaje se centraba en la proliferación de denuncias durante los últimos días.

—Puede parecer un juego inocente, pero un simple plátano te obliga a pasar por el mecánico y, hala, ¡a pagar! —decía un hombre de calva reluciente y gafas de cristales ahumados.

A la periodista le encantaba atizar el fuego con declaraciones como esa. Hasta se había molestado en acercarse a un taller para entrevistar a su propietario, que hablaba sin mirar a cámara con el mono manchado de aceite. Aseguraba haber examinado cinco motos por el mismo motivo aquellos últimos días. Detrás de él se veía un calendario con una chica que enseñaba los pechos.

Era del año 1988, el mismo en que había nacido la segunda hija del mecánico.

La última parte del reportaje estaba filmada en el patio de la facultad de letras.

—¿Habéis oído hablar del ejército de los plátanos? —preguntaba la periodista a diestro y siniestro.

La mayoría de alumnos estaban informados del fenómeno. Ninguno se declaraba dispuesto a jugarle una mala pasada a un conductor. Eso sí, algunos admitían que no les parecía del todo mal como protesta.

—¿Cabe hablar de una nueva primavera de los indignados? —preguntaba la periodista al final de la pieza informativa—. ¿Es este ejército de los plátanos una manera silenciosa de decir otra vez basta por parte de una generación altamente cualificada y que, aun así, ve cómo el mercado laboral le da la espalda?

En el segundo trimestre de 2012, en España el paro juvenil rozaba el cincuenta por cien.

—Puta mierda —dijo Félix antes de cambiar de canal.

Acabó de pasar la mañana bebiendo whisky y viendo los dibujos animados. No era la primera vez que se quedaba pasmado con los inventos de Doraemon. En uno de los capítulos, el gato cósmico sacaba el abanico del olvido del bolsillo mágico para que la madre de Gigante, uno de los amigos de Nobita, no tuviese en cuenta que su hijo había suspendido todos los exámenes y le perdonase el castigo de tener que quedarse todo el domingo encerrado en casa.

Mientras Félix Palme lamentaba no poder contar con la ayuda eficaz de Doraemon, Àngels Quintana servía cañas y calamares y patatas bravas. Aquella tarde entraría el estudiante de matemáticas que se había quedado dormido en el retrete mientras hacía los deberes. Jose lo identificó enseguida. Le sirvió un pincho de tortilla de patata gratis — «invita la casa» — porque quería que la sed le hiciese acabar la cerveza rápido. Así se vería obligado a pedir otra.

—Tarde o temprano tendrá que ir al lavabo. Se trata de acelerar *el proceso*. La siesta es fundamental...

El chico pagó a toda prisa en la barra cuando todavía le quedaban un par de bocados de tortilla y un culo de cerveza.

—¡Qué prisa tienes, chaval! —exclamó Jose.

—Tengo... tengo clase.

—Eso es lo que dicen todos.

Àngels estaba demasiado preocupada para seguir la broma de su compañera de trabajo. En el telediario del mediodía había visto un pequeño reportaje sobre los vándalos que atascaban tubos de escape de coches y motos. Lo había relacionado rápidamente con Félix, que desde hacía unas semanas tenía la costumbre de comprar cantidades ingentes de plátanos que extrañamente desaparecían del frigorífico de un día para otro. Había observado su conducta, pero hasta entonces no había comentado nada. Le preocupaba muchísimo más que su hombre bebiera más whisky que agua.

—¿Por qué lo haces? —le chilló cuando llegó a casa aquella noche.

El hombre estaba tumbado en el sofá. Para despertarlo, tuvo que sacudirlo enérgicamente.

—Félix. ¿Puedes decirme qué tienes en la cabeza? ¿De qué va esa bromita de los plátanos?

—¿Tú qué sabes de eso?

—Lo he visto en el telediario.

—Piensa lo que quieras.

Intentó levantarse. Para conseguirlo, necesitó la ayuda de Àngels.

—Oye —dijo—. ¿No ves que me paso el día bebiendo en casa? ¿Qué cojones tengo que ver con los plátanos? ¿Empezar una revolución? No tengo ganas ni de ir al baño. Estoy acabado, Angi.

Félix se arrastró hasta el mueble bar, dispuesto a servirse otra copa de whisky. Como había agotado las existencias y no reunía el valor suficiente para bajar a por más a la tienda de Hafiz —que abría hasta la una de la madrugada los 365 días del año—, tomó un trago de anís directamente de la botella. La mueca de asco fue considerable.

—Me voy a dormir —anunció.

—¿Tan temprano? ¿No cenarás nada?

—No.

—Félix, por favor.

Àngels no encontró más palabras hasta que su hombre hubo abandonado el salón. Sola como estaba, le pareció que no hacía falta añadir nada más y fue a la cocina a prepararse una tortilla con ajo y perejil.

Barcelona atraviesa un momento delicado. Acabamos de entrar en el 2013, el año en que la crisis tiene que tocar fondo y el país debe empezar una lenta recuperación. Los Reyes Magos pasaron de puntillas por el callejón con nombre de ingeniero en el que viven Àngels Quintana y Félix Palme. Hay familias enteras sin trabajo que se sienten más perdidas e inútiles cada día que pasa. Hombres de cincuenta años que han tenido que volver a casa de sus padres. Niños que no tienen nada para cenar y que intentan engañar el hambre pegados a la *play* o a la *wii*.

El ejército de los plátanos vivió unas semanas de euforia la primavera del año pasado. Unos cuantos centenares de tubos de escape fueron atascados por cuadrillas de jóvenes. Hubo unas cuantas detenciones que hicieron mucho ruido mediático. Se dibujaron plátanos, acompañados de la palabra «anticapitalismo», en las sucursales de algunos bancos. Félix, que sin pretenderlo había alentado las protestas, se refugió en casa protegido por un arsenal de whisky. Se le acabaron los ahorros a finales de noviembre. Cuando se dio cuenta de que se había quedado sin un duro, fue a pedir trabajo otra vez, pero su alcoholismo era tan evidente que en los bares se lo quitaban de encima, igual que un no fumador se sacude un poco de ceniza que ha ido a parar, accidentalmente, a su camisa.

La relación con Àngels había empeorado hasta tal punto que habían dejado de dormir juntos. Algunos fines de semana ella salía con los amigos de toda la vida, pero él ya no quería saber nada de ellos: se quedaba en casa bebiendo y tragándose documentales sobre los secretos del mar de los Sargazos y sobre la civeta de Madagascar, el segundo carnívoro más grande de la isla africana.

Ayer era día de fiesta en Barcelona. Los desfiles del carnaval animaron las calles de algunos barrios. Àngels había conseguido camelarse a Jose para poder salir del bar a primera hora de la tarde. Llamó a Félix con el único objetivo de convencerlo para que la acompañase a ver qué disfraces extravagantes estaban de moda. A él no le apetecía lo más mínimo, pero acabó aceptando.

Se encontraron en el Paralelo minutos antes de que empezara el desfile. En medio de la calle había un nutrido grupo de superhéroes, hombres con falda escocesa y militares de juguete que ayudaban a camuflar la preponderancia del inevitable sector de travestidos. Cuando empezó el desfile, el imaginario erótico femenino fue estimulado gracias a una falsa unidad de bomberos: los chicos estaban fibrados, acabarían de cumplir los dieciocho. De vez en cuando pasaban pequeñas comparsas de *majorettes* y *cheerleaders* que animaban la vista de algunos hombres, los mismos que cuando apareció la carroza brasileña —poquísima ropa, exuberancia, maquillaje afrutado— aplaudieron con la mirada. Àngels estaba pendiente de la respuesta de una pareja de amigos, Lídia y Pep. Tenían que llegar de un momento a otro.

—Están tardando mucho —repetía—. Se perderán todo el desfile.

—Quizá no querían venir.

Félix tenía la boca pastosa. Al menos podía camuflar ese efecto secundario del whisky encadenando un caramelo de menta tras otro.

—¿Y tú qué sabrás? ¿Acaso has hablado con ellos?

—Si les hace tanta ilusión como a mí...

Àngels abandonó la disputa desviando la mirada hacia una docena de chicas vestidas de color naranja que hacían una coreografía en medio del Paralelo. La cabeza cartilaginosa y la cola enroscada daban pistas del animal en que se habían convertido por unas horas. Aun así, hubo una cantidad importante de espectadores que en lugar de observar la danza acuática de un grupo de hipocampos vieron en aquello una exhibición de poder por parte de los entrañables tiranosaurios, extinguidos hacía tanto tiempo.

A punto de acabar el pasacalle, el móvil de Àngels empezó a vibrar. Eran sus amigos. Habían salido del metro y estaban buscándolos. Colgaron el teléfono cuando se localizaron gracias a los puños levantados de Pep y Félix. Se abrazaron mientras en la avenida desfilaba la última carroza, cargada hasta arriba de hombres y mujeres disfrazados de animales de granja.

En vez de meterse en un bar, Lídia y Pep tenían la intención de avanzar a toda prisa por el Paralelo hasta llegar al comienzo de la comitiva.

—Me han dicho que las carrozas de Paraguay y de Perú son la leche.

—No me he fijado —tuvo que admitir Àngels—. ¿Tú has visto algo, Félix?

La cara de desinterés fue tan evidente que ninguno de los tres insistió. Mientras caminaban, Lídia apretó la mano de Àngels: Pep había pasado por un trance similar hacía unos meses, pero gracias a la terapia de grupo ya no había vuelto a probar una gota de alcohol. Estaba más cariñoso con la niña. Por desgracia, todavía no había encontrado a nadie que necesitase un técnico de sonido, oficio al que se había dedicado durante veinte años en radios, facultades de comunicación y alguna pequeña sala de conciertos.

—Me voy a casa —dijo Félix cuando pasaron por delante de una boca de metro.

Ninguno de los tres pudo convencerlo para que se quedase. Media hora después de despedirse sin mucha efusividad, llegaba al callejón con nombre de ingeniero, resuelto a poner en práctica la idea que le obsesionaba desde hacía semanas. Se le ocurrió por primera vez en Nochevieja, después de brindar con Àngels mientras en la calle lanzaban cohetes. «¿Y si me borro del mapa?», se dijo. Ya no había podido quitárselo de la cabeza. Esa misma noche, tendido en el sofá, se imaginó quién pasaría por el tanatorio una vez que hubiese muerto y qué dirían. ¿Censurarían el suicidio? ¿Se atrevería a hablar de heroicidad alguno de los asistentes? Después de aquella entrada de año tan poco optimista, en un par de ocasiones había llegado a tomar un par de somníferos más de la cuenta antes de irse a la cama, deseando no despertarse a la mañana siguiente.

Félix entró en casa convencido de que había llegado el momento de poner fin a su vida. Se bebió media botella de whisky y se tomó tres váliums de Àngels. Tenía la cajita sobre la mesa de centro. Se quedó medio dormido delante de la tele y soñó que limpiaba mejillones en la cocina de un restaurante de Nueva Orleans. En el interior de uno de los moluscos encontraba una perla. Se la guardaba en el bolsillo de la camisa sin que ninguno de sus compañeros tuviese tiempo de darse cuenta. Entonces fingía un ataque de migraña y conseguía el permiso del encargado para marcharse a casa. De camino, empeñaba la perla en una tienda de confianza —donde ya había hecho tratos con anterioridad—, llamaba a Àngels para invitarla a cenar y reservaba mesa en un buen restaurante en la ribera del Misisipí. El arroz con langosta que tomaban les ayudaba a olvidar los problemas de los últimos meses. Volvían a casa abrazados. Félix acariciaba con la punta de los dedos el fajo de billetes que había ganado gracias a la perla. Se los había puesto entre los pantalones y la camisa, como si fueran un arma. No le sirvieron de nada cuando de repente apareció un cocodrilo enorme y viscoso y le arrancó una mano de un mordisco. Era la derecha. La buena. La que utilizaba más a menudo para sostener la botella de whisky.

—¡Serás sinvergüenza!

Àngels lo señalaba con el dedo índice. Últimamente se había dejado crecer las uñas en exceso, su actitud amenazante se veía acrecentada por esa novedad.

—¿Y ahora qué pasa?

—¿Qué te dije que tenías que comprar hoy? Agua y papel de váter.

Félix recordó las instrucciones, que había recibido cuando todavía estaba tirado en el sofá, despierto pero incapaz de reunir el valor suficiente para levantarse. «Agua y papel de váter. Solo te pido eso», había insistido Àngels.

—Se me ha olvidado —tuvo que admitir.

—¡Lo sabía! —exclamó ella—. Vete ahora.

—¿Ahora?

—Está bien. Quédate aquí, tirado en el maldito sofá, como siempre.

Su intento de levantarse fue frenado por una bofetada de Àngels.

—Ni se te ocurra moverte —dijo antes de volverse para salir pitando del piso.

Recorrió todo el callejón con nombre de ingeniero hasta llegar a una calle más ancha. Tres esquinas más abajo estaba la tienda de Hafiz, que le preguntó por su marido y que se contrarió ligeramente cuando vio que solo compraba agua y papel higiénico. Estuvo a punto de preguntarle si no quería un poco de whisky, pero se detuvo a tiempo: Àngels lloraba.

En vez de regresar a casa por el camino más corto, prefirió dar un rodeo y llenarse los pulmones con el aire del mes de febrero. Había una esquina donde a veces se paraba para coger fuerzas cuando se sentía mal. La única pega era que según cómo soplara el viento le llegaba el hedor de los contenedores que había en la otra acera. Ayer se quedó allí cinco minutos sin sufrir ningún percance olfativo. Pensó en la decrepitud de Félix. Si no ponían remedio rápido a «su problema», no habría vuelta atrás. Tenía que encontrar trabajo como fuese y salir del pozo. Quizá, de momento, debería empezar con una terapia de grupo, igual que Pep. Cuando estuviese un poco mejor, podría reincorporarse al mundo laboral. Tenía que haber alguna pensión donde todavía pudiese ser útil. ¿Y si probaban suerte en la Costa Brava? Cambiar de escenario sería una buena opción.

Mientras lo pensaba, Àngels no se dio cuenta de que se le acercaba un chico de unos veinticinco años disfrazado de rojo y verde, con un cigarrillo apagado que le colgaba del labio.

—Perdone. ¿Me puede dar fuego?

Àngels pegó un respingo y dijo que no. Antes de que el chico siguiese andando, todavía añadió:

—Lo siento.

Y él:

—Perdone. No quería asustarla.

La figura roja y verde continuó hasta la tienda de Hafiz. La cola de demonio que le colgaba del culo saltaba despreocupadamente al ritmo de sus zancadas. Cuando desapareció dentro de la tienda, Àngels inició el camino a casa, recordando una advertencia que le hacía su abuela siempre que comían sandía.

—No te comas las pepitas. Si lo haces, te acabará creciendo una sandía en la barriga.

—¿Y entonces? —le preguntaba ella.

—Tendrás que esperar a que crezca lo suficiente para dar a luz.

La abuela había ido alargando la historia: cuando naciese «su» sandía, Àngels tendría que elegir entre cuidarla o comérsela. Ella siempre la salvaba.

—Y si te viese comerte otras sandías ¿qué?

—No me vería, porque la tendría siempre dentro de la bañera, flotando en el agua fría.

—¿Y si alguno de nosotros se la comiese? ¿Tu abuelo? ¿Papá? ¿Yo?

—Entonces me pondría triste.

—Pero ya no habría nada que hacer.

Àngels empezó por dejar de comerse las pepitas de sandía y acabó por aborrecer aquella fruta de pulpa roja y cáscara verde que había recordado gracias al hombre del disfraz.

Una vez en casa, antes de entrar en el salón, rellenó dos botellas de agua vacías que estaban sobre la encimera de la cocina. Puso un rollo de papel higiénico en el soporte y de repente recordó que tenía ganas de ir al baño. Cuando salió, fue a despertar a Félix: aunque le pusiese mala cara, no quería que durmiese ni una sola noche más en el sofá.

La placidez de su cara enseguida le hizo sospechar que pasaba algo raro. Solo le hizo falta una mirada a la mesa de centro para encontrar el blíster de pastillas vacío.

—Madre mía —dijo, sin saber cuántas habría tomado.

Como no hubo forma de despertarlo, le metió los dedos en la boca hasta la campanilla. El hombre vomitó una pasta extraña, mezcla de whisky, fármacos y las patatas fritas que había comido a última hora de la mañana. Cuando medio recuperó la conciencia, lo arrastró hasta el cuarto de baño, lo puso en la bañera y lo duchó vestido con agua fría. Estaba convencida de que, tarde o temprano, aquella sandía acabaría salvándose.

Un hombre con futuro

«Forever warm and still to be enjoy'd,
forever panting and forever young»
John Keats, *Ode on a Grecian Urn*

Llevo dos noches durmiendo pegado a la puerta, tumbado en un precario colchón, el mismo que había ocupado la tía Herminia cuando vivía con nosotros y se dejaba la dentadura en cualquier parte. Junto a tres juegos de cama, es lo único que he heredado de ella. Mi tía sufrió una larga degradación que empezó en nuestra casa pero acabó en una residencia en un pueblo costero, en una habitación con vistas al mar. Ella decía que alguna noche el agua se filtraba por debajo de la ventana y le mojaba las zapatillas. Solo podía detener las inundaciones aullando. Las enfermeras estaban hartas de tía Herminia. El día que la encontraron muerta bajo la cama, llamaron a mis padres a primera hora de la mañana. No sé qué los asqueó más, si su muerte o haber tenido que abandonar —solamente tres días— la fortaleza inexpugnable adonde se habían retirado hacía cinco años, rodeada de campos que mi padre se esforzaba por mantener llenos de vida.

Trato de dormir en este colchón porque cumplo un castigo y no sé si me van a perdonar. En un mes me he quedado prácticamente sin nada: primero me echaron del centro cívico donde me encargaba de la programación cultural; dos semanas después, me robaron el teléfono móvil en un restaurante donde cenaba con Desirée, una antigua compañera de facultad; anteayer, para terminar, fui al súper y, mientras cargaba media docena de bolsas y el carro de la compra, me di cuenta de que había perdido las llaves de casa. Esther estaba trabajando: me tocó esperarla sentado en el rellano, tan preocupado por mi desgracia que no se me ocurrió ni una buena excusa. Esperó a estar dentro del piso para descargar toda su rabia sobre mí. Primero fueron solo insultos. *Idiota. Inútil. Cretino.* Tras comprobar que no me afectaban mucho, llegó a propinarme unos cuantos puñetazos inofensivos. Los encajé con cara de circunstancias, sin saber cuándo acabaría mi pesadilla. Mientras Esther me agredía, si cerraba los ojos veía mi antigua mesa del centro cívico. Estaba pulcramente ordenada: había una bandeja con cuatro papeles, un cubilete lleno a rebosar de bolígrafos y la pantalla del ordenador. Al lado del ratón, reconocía el teléfono móvil que me había desaparecido durante la cena. ¿Sería posible que Desirée hubiese tenido algo que ver en todo aquello?

Después de la agresión, me obligó a regresar al supermercado. Tenía que intentar reconstruir la ruta exacta, en la calle y dentro de la tienda. Pregunté por mis llaves a tres trabajadores del súper —a la cajera y a dos reponedores— y sus reacciones no arrojaron ninguna luz sobre el asunto. Cuando volví a casa, derrotado, Esther me exigió que fuese a llamar a los vecinos de rellano. Podría ser que me hubiese dejado las llaves en la cerradura y que un alma caritativa las hubiese guardado tras localizarlas, dispuesta a devolvérmelas tan pronto como me viese. En la puerta frente a la nuestra no había nadie, pero a su lado había otra que sí se abrió. Apareció la cabeza del vecino del entresuelo primera, que iba vestido de guardia urbano. Le expliqué mi mala suerte mientras me miraba con suspicacia.

—Lo siento, pero no le puedo ayudar —contestó—. He pasado toda la mañana fuera de casa y mi mujer todavía no ha vuelto del trabajo.

Esther me obligó a hacer la misma encuesta en el primero, segundo y tercer piso. Solo me abrieron la puerta cinco vecinos y, en todos los casos, la respuesta fue la misma que la del urbano: nadie sabía nada de mis llaves, porque acababan de llegar de algún sitio o habían ido a ver un pariente ingresado en el hospital o les tocaba fichar para cobrar el paro —el trámite se alarga como una bronquitis mal curada— o se habían ocupado todo el día de sus nietos enfermos, que reclamaban de nuevo su atención mientras yo intercambiaba cuatro palabras desesperadas con los abuelos (me observaban con el pelo alborotado y en pijama). El quinto vecino apareció en bata y con una mano de mortero; aunque apuntada hacia el suelo, era una amenaza.

—¿Qué quiere? —dijo.

Le resumí mi problema. Lo reconozco: cada vez me costaba más explicar la historia. El hombre se sujetaba las gruesas gafas con una mano, mientras con la otra jugaba disimuladamente con el utensilio de cocina convertido en arma.

—No sé nada. Buenos días.

El portazo retumbó por toda la escalera, bajó hasta la entrada y de allí volvió a subir. No se detuvo en el tercero sino que escaló hasta el último nivel, el ático, donde únicamente había dos apartamentos. En uno de ellos vive un grupo de estudiantes de filología inglesa. Solo montan escándalo cuando vienen sus amigos australianos: son gritones y no se calman hasta que consiguen sus objetivos, estrictamente carnales. Aquellos sábados por la noche en que aparecían los canguros oceánicos siempre caía alguna botella por el suelo, la escalera olía a marihuana y los vecinos teníamos que soportar los gritos exagerados de las cópulas.

En el ático primera me abrió una chica, que después de escuchar mi historia tiró de la goma de sus *shorts* —flap—, me comunicó que acababa de levantarse y me dijo que una vez le había pasado lo mismo en un piso que había compartido en Ciutat Vella con cuatro amigas. Habían tenido que cambiar las dos cerraduras de la puerta, porque no hubo forma de que aparecieran las llaves.

—Me costó una pasta. Tuve que trabajar de camarera en un bar, todos los putos sábados de dos putos meses, para pagar lo que debía.

Los inquilinos del ático segunda eran los más conflictivos de la escalera. Durante una temporada había vivido allí una pareja que rondaba los treinta años, igual que nosotros. Tenían una relación más difícil que la nuestra: una vez vimos cómo se pegaban a la salida de un supermercado; otra que estaban en el piso, un plato que quería estamparse contra la cara de uno de los contrincantes acabó atravesando la ventana y cayendo en nuestro patio. Entre las decenas de fragmentos que recogimos había restos de arroz a la cubana. Como me negué a subir a quejarme, Esther se enfadó conmigo. El mal humor le duró dos días. Los del ático habían tenido tiempo de reconciliarse —todos los vecinos pudimos oír los gemidos de placer— y de pelearse otra vez; por suerte, en esa ocasión, no habían cruzado la frontera del insulto.

Llamé al timbre del segundo apartamento del ático, pero no oí nada. El botón era blando y sobresalía en medio de un círculo concéntrico de plástico, duro y requemado. Lo apreté con fuerza, hundiendo el dedo tanto como pude. No era cuestión de fuerza: lo habían desconectado, quizá aquel mismo día, quizá hacía tres meses. Sus inquilinos eran mi última oportunidad, exceptuando los vecinos que todavía no me habían contestado. Pegué la oreja a la puerta y me pareció oír los pasos apresurados de alguien.

—¿Oiga? Buenos días. Buenos días —repetí poco después de utilizar los nudillos contra la madera húmeda que quizá me separaba de las llaves—. Oiga. ¡Oiga!

La vecina del ático primera abrió dos dedos su puerta.

—No lo conseguirá. Hoy me parece que solo está la abuela y casi no puede ni levantarse del sillón.

Mientras hablaba, pude ver que ya no llevaba camiseta y *shorts* sino un albornoz mínimo que me invitó a fijarme, durante un par de segundos, en sus muslos. Debía trabajarlos en el gimnasio como mínimo tres veces por semana. *Body pump. Spinning. Body combat.* ¿Cómo me habían podido pasar desapercibidos?

Le di las gracias por haber salido a informarme y, todavía con el *flash* de aquella visión impreso en mis retinas, fui bajando peldaños hasta plantarme en la puerta de casa. Esther tardó en abrir.

—¿Y bien? —dijo, frotándose la cara con ambas manos: debía de haber llorado, porque tenía las mejillas rojas y el contorno de los ojos todavía húmedo.

Tuve que confesarle que ninguno de los vecinos con quien había hablado tenía las llaves. El comentario hizo que acabara perdiendo los papeles. Desvió los reproches hacia mi ineficacia laboral. Según se desprendía de sus gritos, la dirección del centro cívico había decidido prescindir de mis servicios porque era un completo inútil.

—Has estado tensando la cuerda hasta que te la has ganado, Quique.

¿La cuerda? ¿Qué cuerda?

—Me saca de quicio que seas tan inútil y que encima me tomes por idiota. ¿Crees que no sé nada de lo tuyo con Desirée? Estoy harta de aguantar tus mentiras por nada. ¿Sabes dónde deben de estar tus llaves? En su casa. ¿Por qué no le das un toque y se las pides?

—Oye, Esther...

—No. Ya basta. Se ha acabado. Aquí te quedas, Quique.

—Pero...

—Me voy.

Intenté frenar su deserción con palabras dulces, pero fue imposible. Esther llenó dos maletas de ropa y se fue.

—Y que no se te ocurra tocar nada de lo que es mío —me amenazó desde la puerta de entrada—. Iré pasándome por aquí a recoger mis cosas.

Estos dos últimos días, confuso y aturdido por la soledad, todavía he tenido fuerzas para hablar con cinco de los seis vecinos que me faltaban por localizar. Mantengo la esperanza de recuperar las llaves gracias al vecino del segundo primera. La mujer de la puerta de al lado me informó anoche de que su inquilino —el señor Jacinto— se marchó de viaje el mismo día del incidente.

—Trabaja en un banco y a veces le toca reunirse con gente de otras sucursales. Viaja a Asturias, a La Rioja y a Santander, sobre todo. Cuando los negocios le van bien, nos trae una botella de vino. Tenemos relación desde hace años, ¿sabe? Nosotros lo invitamos a cenar a menudo... Es soltero y muy educado. Es el único hombre de la escalera que lleva corbata y americana.

La mujer estuvo a punto de convencerme para que me quedara a tomar una cerveza helada. Si me hubiese sentido un poco menos abatido, habría aceptado la invitación. Parecía muy agradable, todo lo contrario que los vecinos del ático segunda: unas horas antes, una mujer con el pelo teñido de un rubio demasiado claro —similar al de algunos toldos requemados por el sol de los bares de primera línea de mar— había atendido mis golpes educados pero insistentes solo para deshacerse de mí de malas maneras. El mensaje que expresó con zafiedad era que mi juego de llaves no tenía *ningún interés* para la familia Somoza. Después de la intervención, cerró la puerta con un golpe seco, sin miramientos. Esperé unos segundos antes de volver a mi piso: quizá la vecina de enfrente saliera a consolarme, en *shorts* o en albornoz. La chica debía de haber salido y me tocó bajar las escaleras cabizbajo, preocupado porque las posibilidades de recuperar las llaves se desvanecían. Desde que se marchó, Esther no ha contestado a ninguna de mis llamadas.

Mañana a primera hora avisaré al cerrajero. Lo decido mientras me retuerzo en el colchón de tía Herminia. La única opción que me queda es cambiar la cerradura de casa, cueste lo que cueste. Da igual si el señor Jacinto, a su vuelta del viaje de negocios, llama al timbre y me entrega el juego, haciéndolo tintinear mientras sonríe, orgulloso de su enésima buena obra. Lleva una corbata vistosa. Trabaja en el banco desde que se licenció en Económicas. Es un hombre hecho a sí mismo, con futuro. Un buen partido: no se ha comprometido con nadie, aunque ya debe de haber cumplido los cuarenta. ¿Esther habrá hablado con él alguna vez? La buena posición laboral, la americana y la corbata estimulan el trato de usted. En el centro cívico, en cambio, todos nos tuteábamos. Había compañeros que llevaban la misma camiseta tres y cuatro días seguidos. El olor ambiental se iba haciendo denso a medida que avanzaba la semana. ¿Ocurre lo mismo en los bancos? Los trabajadores con escasos hábitos de higiene, ¿conservan su puesto de trabajo? Esa gente que cuando va al baño de la oficina se permite todas las porquerías que en su casa jamás haría, ¿son debidamente castigados o se hace la vista gorda? Las preguntas me aguijonean el cerebro. No puedo hacer otra cosa que revolcarme bajo las mismas sábanas en las que tía Herminia envejeció hasta que fue ingresada en la residencia.

Me adormilo y vuelvo a despertarme enseguida. Tengo sueño, pero arrastro un castigo que seguramente me he ganado. ¿Por qué me echaron del trabajo? ¿Cómo he sido capaz de sacrificar la relación con Esther por una aventura con Desirée? ¿Dónde habrán ido a parar las llaves de casa? Abro los ojos en medio de la absoluta oscuridad. Es imposible que un ladrón entre en el piso sin despertarme. Apoyado en la puerta, el colchón me advertiría de cualquier movimiento sospechoso o eso creo hasta que me cae encima un cuerpo tenso. Pego un bote y me pongo en guardia mientras exijo a gritos al desconocido que se quede quieto. Mi voz parece salida del fondo de una negra caverna. Al mismo tiempo, una de mis manos tantea la pared, en busca del interruptor que ilumine el rostro del ladrón.

—Quique. Tranquilo. Soy yo.

Identifico la voz de Esther y el corazón me da un vuelco. En vez de encender la luz, me incorporo. Le toco el pelo con una mano.

—¿Qué haces aquí?

—He vuelto.

—¿En serio?

—Soy así de imbécil.

Esther busca mis labios con los suyos. Cuando le paso la mano por el rostro, me doy cuenta de que ha estado llorando. Le digo que el único que se ha equivocado soy yo.

—Soy un cero a la izquierda. He perdido el trabajo, el móvil, las llaves... y he estado a punto de perderte a ti. Lo siento, Esther, lo siento de veras.

Me obliga a levantarme del colchón de tía Herminia, dispuesta a llevarme a la cama de matrimonio. Me resisto un poco:

—¿Crees que es conveniente? Es más seguro que nos quedemos cerca de la puerta...

Me muerde en el cuello para convencerme. Acabamos yendo a parar a nuestra cama. No encendemos ninguna luz. El sexo es urgente y se acaba rápido, pero repetimos, cosa poco habitual.

Sueño que me levanto a primerísima hora para mear. Dudo entre regresar a la cama de matrimonio o al colchón de tía Herminia. Me decido por la primera opción. Con la luz del pasillo encendida observo a Esther durmiendo. Su cara cambia poco a poco hasta transformarse en la de mi hermana Marina, que murió de neumonía poco después de cumplir dieciséis años.

Vuelvo a retorcerme en mi cama improvisada. Si una noche cualquiera tuviese tantos problemas para dormir tomaría algo que me ayudase a deshacer el malestar de haberme quedado casi simultáneamente sin pareja y sin llaves de casa. Tengo ideas turbias atascadas en un rincón de cerebro y, sin ningún tipo de ayuda médica, me resulta imposible expulsarlas. Podré pagar la factura de un cerrajero, eso seguro, pero es un gasto inútil que desequilibrará la balanza de ingresos y gastos mensuales hacia el lado que no toca. El dinero me lleva a pensar en el paro y, de rebote, en las páginas más alarmistas de los periódicos y en los minutos más desesperanzadores de los telediarios. Una vocecita de presentadora recuerda que el número de parados no ha dejado de crecer desde hace tres años y que además —¡premio!— acaba de superar una cifra récord. Encontrar trabajo será difícil. Será casi imposible. Me imagino volviendo a entrar en *mi* centro cívico. Le prendería fuego o me pondría a llorar en el mostrador de la entrada. Mis pensamientos viajan hasta el congreso de los diputados. Los políticos de un grupo reprochan a los de otro la poca diligencia a la hora de solucionar la *desocupación*. Al final de la sesión aparece el portavoz de una coalición autonómica. El agravio histórico es insostenible: en tiempos de crisis, asegura el diputado, todavía es más difícil de soportar.

Tiene la mirada vacía. Sus palabras no causan ningún efecto en los políticos de los partidos mayoritarios. Alguno se permite mirar el reloj durante la intervención: si la cosa se alarga demasiado, no le dará tiempo de llegar a casa antes de que empiece el partido de la Champions. El portavoz sigue quejándose del agravio histórico. De repente, la figura humana ha sido sustituida por la de un cerdo. A su alrededor, el resto de diputados también se han convertido en cerdos. Hasta el presidente del congreso, que observa la sesión con las dos pezuñas delanteras apoyadas sobre la mesa. Araña la superficie de madera por donde han pasado compañeros ilustres. Acerca su hocico al micrófono y escupe nubes de onomatopeyas que se esparcen por el hemiciclo como maldiciones.

Decido que ya no puedo más cuando aparece el rostro enrojecido de Esther gritándome que se va de casa. *¡Aquí te quedas, Quique!* En el armario del baño en que guardamos las medicinas no encuentro lo que necesito. Tengo que ir hasta la cocina. Localizo las pastillas en el mismo armario donde tenemos media docena de sartenes apiladas. Como un poco de fuet para amortiguar la potencia del fármaco: si no lo hiciese, me levantaría con una acidez insoportable. A partir de los treinta, hay que empezar a tomar ese tipo de precauciones, ¿no? Todavía en la cocina, un sonido procedente del recibidor me pone la piel de gallina. Me meto la pastilla en la boca, la trago ayudado por un poco de agua y un segundo ruido de mal agüero —alguien aparta el colchón de tía Herminia— me impide abandonar la habitación y descubrir qué pasa. Ahora puedo oír los pies de alguien avanzando en la oscuridad y poco después la voz del hombre que hace dos días me atendió vestido de guardia urbano.

—Entra en el salón y ve desconectando la tele y la minicadena.

—La minicadena no es para nosotros.

—¿Ah, no? ¿Y quién se la queda?

Después de estas palabras, silencio. Consigo avanzar unos pasos en dirección a la puerta de la cocina. Desde mi nuevo puesto, veo la puerta de cristal del pasillo, que refleja el cuerpo tumefacto del guardia urbano. Se dedica a vigilar paseando el haz de luz de la linterna de un lado a otro del apartamento, no se le mueve ni un pelo. Me parece que su pijama combina el azul marino y el amarillo fluorescente igual que su uniforme de trabajo.

—Ya lo tengo —dice la mujer desde el salón.

El guardia urbano se adentra en el salón y lo pierdo de vista unos instantes. Tendría que hacer algo, pero me siento incapaz. El matrimonio aparece de nuevo reflejado en el cristal de la puerta del pasillo, esta vez con un televisor —el nuestro, el mío— en las manos. Antes de salir, ella dice algo que desde donde estoy no puedo descifrar. Como no oigo que cierren la puerta, espero unos segundos: ¿y si vuelven a entrar en casa? Hago bien, porque al cabo de nada aparece la hija del pariente ingresado en el hospital, también con una linterna. Saco medio cuerpo de la cocina para observar hacia dónde va. Está en nuestra habitación y revuelve en los cajones hasta encontrar el joyero de Esther. No busca nada más: ese es su botín.

Desaparece antes de tomar yo ninguna decisión. Cuando entra la vecina del piso de al lado del señor Jacinto, me atrevo a salir al pasillo y la interpelo.

—¡Eh! —grito—. ¡Ya está bien!

La mujer va hasta el salón y saca la minicadena de la estantería.

—¡Oiga! ¡Le he dicho que ya está bien!

Pasa a mi lado sin inmutarse y, cuando intento detenerla, mis dedos se funden en su carne, invisibles. Voy hasta el recibidor. La puerta del piso está abierta de par en par y los vecinos que quedan aguardan su turno para robar lo que les toca. Un anciano se lleva todo lo que tenía en la nevera, hasta un paquete abierto de pavo que huele fatal. Estoy indignado y los insulto, pero no sirve de nada. Mientras un hombre con un pijama surcado de caballos se lleva mi ordenador, observo mi cadáver tumbado en el colchón de tía Herminia, con el cráneo hundido por un objeto contundente. Me toco la frente y no me duele. El señor Jacinto, que todavía tiene tres compañeros de escalera delante, lleva americana y corbata.

No sabría decir en qué momento abro los ojos por culpa de un *reggae* muy conocido. El ritmo tranquilo pero insistente, matizado por una voz sedada por la marihuana, llega a todo volumen desde un lugar remoto. Murmuro algún juramento y me levanto. Desde el cuarto de baño, la canción es cada vez más insoportable. Abro la ventana y saco la cabeza para ver qué se cuece arriba. Las luces del ático primera están encendidas, por tanto, el grupo de estudiantes de filología inglesa celebra algo. Tengo dos opciones, me digo mientras bebo un poco de agua: me vuelvo a tumbar en el colchón de tía Herminia y pongo todo mi empeño en dormir o me visto y me uno a la fiesta. El hecho de no tener a Esther en casa, de sentirme despierto y, sobre todo, de vivir instalado en el malestar desde que perdí el trabajo me instigan a ponerme el primer pantalón que encuentro y una camisa limpia. Cojo la última botella de vino tinto de la despensa y subo al ático.

El volumen de la música está tan alto que tengo que llamar cuatro veces al timbre. Cuando me oyen, alguien baja los decibelios y se acerca a la mirilla.

—Sé que es un poco tarde, pero me gustaría unirme a la celebración —digo, levantando la botella de vino tinto.

Me abre la chica que me había atendido anteayer primero en *shorts*, luego en albornoz. Lleva un vestido rojo y el maquillaje de los ojos medio corrido.

—Tengo un poco de combustible —insisto, observado con suspicacia.

—¿En serio quieres pasar? Si te hemos molestado, podemos parar la música. Lo siento mucho.

La chica acaba dejándome pasar y me presenta al grupo de amigos sentados en los sofás del salón. El ambiente está cargado de humo. La ilegalidad verdosa me invade los pulmones y empieza a relajarme agradablemente: ¡no sabes lo que te pierdes, Esther! Sobre una mesa de centro hay una docena de vasos de plástico vacíos. Por suerte, todavía quedan cuatro o cinco llenos.

—¿Alguien quiere un poco de vino? *Wine?* —pregunto.

Nadie acepta mi invitación, ni siquiera cuando ya tengo la botella abierta. Decidido a emborracharme, bebo seguidos y casi de un trago un par de vasos de vino. El grupo de amigos charla de poesía inglesa. No tengo nada que decir sobre el tema, pero me gusta escucharlos. Soy consciente del paso del tiempo porque las canciones empiezan y acaban mientras el grupo continúa comentando textos que a la fuerza deben de estar estudiando en la universidad. En el centro cívico no hemos programado nunca nada que tuviese que ver con John Keats. Ellos, sin embargo, se enrocan en un par de versos que hablan de la juventud eterna. De vez en cuando alguien los declama en voz alta, resuelto a convertirlos en el lema de la velada:

Forever warm and still to be enjoy'd,
Forever panting and forever young

Cuando me canso de ser espectador —hasta la poesía inglesa puede hacerse pesada—, anuncio en voz alta que tengo que ir un momento al lavabo. La chica que me ha dejado entrar en el piso, de quien todavía desconozco el nombre, me guía hasta un pasillo a oscuras.

—Es la segunda puerta a la derecha —me dice—. Buena suerte.

No entiendo que me aliente hasta que estoy dentro del cuarto de baño. Nada más encender la luz, una voz quejosa me pide desde dentro de la bañera que la apague.

—*You should try the candles* —me recomienda: quiere que en lugar de la electricidad opte por las velas.

Antes de regresar a la oscuridad, me da tiempo de ver un sombrero que le cubre los ojos, una falda ajustada y un par de botas altas, de un reluciente negro cucaracha. Me da las gracias mientras aplaude. Entonces me ofrece una caja de cerillas para que encienda las velas, dispuestas en uno de los extremos de la bañera, que queda a los pies de la desconocida.

—*Thank you again, honey.*

La chica se levanta el sombrero y me dice su nombre. No lo entiendo ni a la primera ni a la segunda y al final opta por escribirlo con un dedo en la pared: E-E-V-I. Dice que es finlandesa. También escribe el nombre del lugar de donde es, M-I-E-H-I-K-K-Ä-L-Ä, y sonríe cuando comento que es un nombre divertido. Me gustaría preguntarle cómo ha ido a parar dentro de la bañera, pero en vez de hablar empiezo a lavarme las manos. Ella dice que si tengo que utilizar el retrete cerrará los ojos y se tapará los oídos.

—*I won't see anything. I won't hear anything.*

Le digo que solo quería lavarme las manos y refrescarme un poco la cara. Añado que en el salón la temperatura ambiente es demasiado alta. Ella está de acuerdo: admite que se ha ido por el mismo motivo. La cerámica de la bañera es fría y agradable. Me invita a tocarla.

—*It's freezing cold* —promete.

Está helada. Prefiero mojarme la cara y la nuca con agua. Le digo que es el método mediterráneo. Ella quiere saber si me refiero a un anuncio de cerveza muy popular. Le contesto que no, pero quizá la respuesta habría tenido que ser ligeramente afirmativa.

—*You should go back to the party, don't you think?*

¿Volver a la fiesta? No me apetece nada. Todavía estarán hablando de John Keats, le cuento.

—*The great lost poet* —dice ella y, a continuación, saca un cigarrillo de las profundidades de la bañera, fuera del alcance de la luz de las velas, y lo enciende ayudándose de uno de los tenues soportes lumínicos.

De repente quiere saber cosas de mí. Se interesa por mi vínculo con el piso y por mi trabajo y me escucha con el sombrero levantado. Intuyo que tengo que ser sincero. Me suelto: le explico que me han echado del centro cívico donde trabajaba, que el móvil me desapareció después de cenar con una antigua compañera de facultad y que hace un par de días me quedé casi simultáneamente sin llaves de casa y sin pareja.

—Se ha ido porque ya no me soportaba más —le digo en inglés—. Lo peor de todo es que me parece que tiene razón: soy un completo inútil y un mentiroso.

Antes de acabar, añado que incluso desconozco el nombre de la chica que me ha abierto la puerta, porque solamente he hablado un par de veces con ella —encuentros muy breves, siempre motivados por la pérdida de mis llaves—, pero he subido hasta el ático porque no podía dormir: la música retumbaba por todo mi piso.

—*Poor thing* —dice ella—. *It's a terrible story.*

Pobrecito. Qué historia tan terrible.

Eevi sale de la bañera y tira el cigarrillo dentro del retrete. Antes de volverse a tumbar en la cama de cerámica, me pellizca una mejilla y dice que soy una persona triste.

—*You're so sad*.

Me resulta curioso, porque yo, en este preciso momento, me siento bastante bien. Tengo la certeza de que el encuentro dentro del baño será el principio de una larga relación de amistad y quizá hasta de amor. Tarde o temprano, Eevi deberá volver a su país y, como todavía no tendré trabajo y Esther no me habrá perdonado —para entrar en casa tendría que llamar al timbre, porque yo habré cambiado la cerradura—, meteré todo lo que tengo en un par de maletas y nos instalaremos en Helsinki. Seguro que allí, en la capital de Finlandia, hay decenas de centros cívicos ávidos de mediterraneidad. Haré lo que me digan, aunque tenga que pasar una temporada fregando pasillos y limpiando ventanales. Eevi será una profesora de inglés magnífica.

Cine de autor

«Let's put a smile on that face!»
Heath Ledger en *The Dark Knight*

Joan y Marina salen del auditorio de Casa Asia con las manos metidas en los bolsillos de las parkas. La de él es verde militar. La de ella, de un rosa tierno, floral y ligeramente porcino. Se habían conocido en el instituto. No habían tardado en hacerse inseparables: les unían unas peculiaridades que la mayoría de compañeros más bien rechazaba. Joan creyó que se había enamorado de la chica a finales de segundo de bachillerato, cuando Marina le dijo que, finalmente, después de pensarlo mucho, estudiaría biología. Él tenía muy claro que quería ser informático: imaginar que su vida académica debía continuar sin Marina le había hecho creer que sentía alguna cosa por ella que superaba la amistad. De forma casi inconsciente, cambió la imaginería de silicona que inspiraba su autosatisfacción nocturna y probó a estimularse pensando en la blanquecina superficie corporal de Marina. Al principio, el cambio le había resultado difícil y no se acostumbró hasta que faltaron pocos días para selectividad. Joan decidió que se le declararía tan pronto como hubiesen superado los exámenes. Intentó hacer de tripas corazón en un restaurante chino con karaoke, mientras la mayoría de compañeros coreaba canciones de los Beatles, Michael Jackson y Alejandro Sanz. Había trasegado mucha sangría para armarse de valor, pero cuando finalmente se volvió para comunicar a Marina que quería decirle *una cosa*, la encontró tratando de encenderse un cigarrillo con torpeza.

—¿Fumas? —le preguntó, con voz curiosa pero al mismo tiempo un poco censuradora.

Ella se había chamuscado parte de un dedo, que terminó dentro de la copa de Joan.

—No sabía que te iba el sado.

Habían acabado riendo con la boca bien abierta, apuntando hacia el techo, como dos personajes de cómic japonés. El momento de sincerarse había pasado.

Nueve meses después de aquella cena, mientras bajan las escaleras que separan el auditorio de Casa Asia de la avenida Diagonal, Joan todavía no se ha atrevido a dar aquel paso. Es más, desde hace unos días ya no está tan seguro de querer salir con su mejor amiga, pero si se lo tuviese que explicar a alguien no sabría concretar de dónde ha salido su repentino cambio de opinión.

—Tengo que ir al baño —le dice con las manos todavía dentro de los bolsillos de su parka verde militar, ensimismado en sus pensamientos.

—Está en la planta baja —dice ella y, a continuación, se coloca bien los pantalones, comprados en las últimas rebajas de enero, pero que ya se le empiezan a caer.

Han continuado bajando escaleras. Para llegar a la planta baja hacía falta descender más de lo que Joan esperaba.

—Esto parece una peli de David Lynch —dice; al mismo tiempo, comprueba con el dedo índice que los granos que le han salido esa mañana siguen manchando su cara roja.

—O de Wong Kar-Wai.

—Wong Kar...

—*Fa yeung nin wa?*

—¿Te refieres a *In the Mood for Love*?

—Efectivamente.

Marina estudia chino desde hace cuatro años y, siempre que puede, intenta mostrar sus conocimientos, aunque en muchos casos solo sea capaz de reproducir títulos de películas o de canciones. Aquella tarde, mientras salían los nombres de los actores de *Ba xing bao xi* —la alocada comedia romántica que han ido a ver—, solo ha podido descifrar uno. Eso la ha frustrado tanto que no ha prestado atención a la banda sonora, versión tecno-pop de una obra de Johann Strauss hijo que su amigo ha identificado durante la proyección, exhibiendo sus habilidades en lengua alemana:

—*An der schönen blauen Donau!*

En el baño de Casa Asia hay seis personas esperando. La cola es única y empieza muy cerca de uno de los cubículos que no tiene colgado un cartel blanco y reluciente donde se puede leer, en catalán, castellano, inglés, francés y chino, «No funciona».

—Oh, vaya lata, ¿no? —murmura Joan.

A veces le parece apropiado emplear expresiones que aprendió en el instituto entre clase y clase. En la facultad de informática donde estudia, nadie comenta nunca nada: los bufidos, la concentración y los complejos se agolpan ante la pantalla y rara vez son interrumpidos por alguna palabra.

—Sí —contesta Marina, inquieta a causa de sus pantalones. Se le siguen cayendo y se siente incómoda.

—No sé cuánto rato me tocará esperar, quizá lo mejor es que me esperes en la entrada...

—Yo también tengo que ir.

—Ah, vale.

Joan traga saliva, nervioso. Si ella también tiene que ir al baño, la situación cambia notablemente, sobre todo porque no hay separación entre hombres y mujeres y es casi seguro que desde cada uno de esos minúsculos cubículos se oiga todo lo que pasa en el de al lado. Joan no está preparado para ninguno de los ruidos que puedan proceder del retrete donde Marina haya estado: cree que si tiene que pasar por esa experiencia es casi imposible que le queden ganas de pedirle que salgan juntos. No se ve capaz de aceptar la *temible cotidianidad* antes de tiempo, sin haber estado jamás con otra chica. Todavía se cree que ellas no hacen las mismas cochinadas que él en el lavabo. Es un asunto comprometedor. Joan se desabrocha la parka, porque tiene miedo de empezar a sudar y, hoy, a pesar de ser sábado —y habiendo desconectado del mundo virtual y seguro del ordenador—, no se ha duchado.

—Y la peli qué, ¿te ha gustado?

—*Ba xing bao xi?*

—Creo que es la única que hemos visto, *Ba-gin-bau-gi...*

—Es muy gracioso cómo pronuncias el cantonés.

—Muchísimo. Tan gracioso como cuando tú hablas en alemán.

—No te pases, ¿vale? Que yo al menos he hecho dos cursos...

—Sabes de sobra que con dos cursos no tienes ni para empezar: es una lengua muy jodida...

—Como el chino.

—Sí, pero a mí el chino no me interesa una mierda.

—Lo que tú digas, pero es la lengua del futuro.

Casi simultáneamente salen dos mujeres de los cubículos y entran dos mujeres más. Ya solo quedan cuatro personas delante de él.

—¿Pero la película te ha gustado o no?

—¡Sí! ¡Muchísimo! —Marina aplaude tímidamente para mostrar su entusiasmo.

En el auditorio le habría resultado imposible hacer cualquier manifestación de ese tipo, pero en ese momento, delante de su único amigo, no solo se siente legitimada para aplaudir sino que se ve con ánimos para sacar un *dossier* de su mochila con un montón de papeles que ha imprimido en casa.

—Son algunas críticas de *Ba xing bao xi* que he encontrado en internet... ¿Sabías que Johnnie To ha estrenado más de cincuenta películas en solo veinte años?

—No, no lo sabía, pero he visto algunas, y todas eran mucho mejores que esta.

—Porque seguramente eran de acción...

—Te equivocas.

—Venga, dime alguna película que hayas visto últimamente y que no sea de tiros.

Se vacían dos lavabos más y son ocupados por una chica que lleva gafas de cristales ahumados y un hombre con pinta de profesor de instituto torturado. Delante ya solo queda un matrimonio de unos cincuenta años que parece francés. Se intuye por el color de la piel de aceite de girasol, pero también por aquellas camisas a cuadros que deben de camuflar la auténtica profesión de uno y otro: son programadores de un museo de arte contemporáneo de provincias.

—He visto una súper buena: *El caballero oscuro*.

—Joan, por favor... Ahora me dirás que la última peli de Batman no es de acción pura y dura.

—Ahí te equivocas: *El caballero oscuro* es una maravilla épica, una obra maestra y la mejor interpretación de Heath Ledger. Seguro que gana el Oscar.

—Lo ganará porque se suicidó, no por otra cosa.

—Lo ganará porque actúa cinco mil veces mejor que Jack Nicholson. Su Joker es una basura al lado del Joker de Heath Ledger.

—Me importa muy poco cuál de los dos es mejor o peor. Te estaba preguntando si habías visto alguna película que no fuese de acción este mes.

Un hombre de unos ochenta años sale del tercer lavabo que Joan ya creía fuera de servicio, porque durante todo aquel rato había estado ocupado. La mujer del matrimonio francés entra sin ningún tipo de reparo: todavía queda gente valiente en el mundo.

—También vi *Bolt*.

—Que empieza como si fuese *Terminator* o *Rambo*.

—¡Las parodia! *Bolt* es una película de aventuras llena de momentos antológicos. Tiene un punto romántico... ¿no?

—Tú y yo tenemos que ir juntos más a menudo al cine.

La entonación de esa última frase —imperativa, tentadora— pone muy nervioso a Joan, que de repente sufre un retortijón y tiene que reprimir uno de los gases letales que libera delante del ordenador (en casa, pero también en clase). ¿Es posible que Marina sienta algo por él? Joan se quita la mochila y empieza a hurgar, aturdido, en el enredado interior.

—¿Qué estás buscando? —le pregunta ella.

Hace una mueca que quiere ser una sonrisa, pero no acaba de lograr su objetivo, poco acostumbrada a expresar emociones tan positivas.

—No... Nada...

¿Hace falta que se quite la chaqueta?, se pregunta. Debajo lleva una camisa con tres pequeñas manchas de aceite y seguro que con tanta luz Marina se fijará en ellas. Joan duda hasta que sus dedos palpan algo interesante en el fondo de la mochila.

—¡Ya está! ¡Lo tengo!

—¿Qué?

Le enseña un CD sin etiquetar.

—Es el recopilatorio de *death metal* que te quería traer la semana pasada. Ese del que te hablé, ¿te acuerdas?

—Sí... Pero sabes que esta música no me interesa demasiado.

—Y tú sabes que a mí ese tipo de cine...

—¿Te refieres al cine de autor?

—Sí, exacto, el cine de autor, todas esas películas raras que te bajas de internet, tampoco me llaman demasiado la atención. Tenemos que aprender a tolerar los gustos del otro si algún día queremos...

—Si queremos ¿qué?

Joan no contesta. Los lavabos de Casa Asia no son el escenario más adecuado para pedirle a Marina que salga con él. Además, sigue sin estar completamente convencido. ¿De verdad que le gusta tanto? ¿No tendría que intentar conocer alguna otra chica, aunque solo fuese para compararlas y decidir con cuál de las dos se atrevería a intercambiar besos, abrazos y, en caso de que todo marchara bien, ir un poco más lejos?

—Si queremos... No sé, ahora me he perdido.

Marina se ha quitado la parka y la aguanta entre las manos. Así disimula que los dedos le sudan, y mucho, porque le gustaría que Joan se atreviese a dar el paso decisivo. Le da igual si el escenario es un restaurante con iluminación tenue, un local de *fast food* iluminado como una granja de pollos o esa triste fila de puertas. Dos puertas se abren a la vez y salen por ellas la mujer supuestamente francesa y el tipo con pinta de profesor de instituto torturado. El hombre que tienen delante entra rápidamente. Queda una vacante.

—Pasa —dice Joan a Marina—: seguro que estarás más rato.

Ella obedece, sin saber qué ha querido decir su amigo con aquello. Acaricia la capucha de color rosa de la parka con las puntas de los dedos, sudados a más no poder, mientras camina en dirección al cubículo más alejado, el tercero, *habitado* hasta hace relativamente poco por el hombre que rondaba los ochenta años. Se encierra dentro.

Joan se observa en el espejo que hay delante del único lavabo, que está usando la mujer supuestamente francesa. Le parece que jamás ha tenido peor aspecto: los granos se le han multiplicado misteriosamente y le ha salido una erupción vistosísima en la frente. Desvía la mirada hacia la puerta grisácea que acaba de abrir y cerrar Marina. La mujer se va sin su compañero y Joan, que no tiene a nadie detrás esperando para entrar en el baño, se acerca lentamente al cubículo donde se ha me-

tido su mejor amiga hasta que puede oír con nitidez lo
que pasa al otro lado de la puerta. Es una fea manía que
había superado hacía tiempo, después de que un día su
padre lo encontrara con la oreja pegada a la puerta del
baño de casa, espiando auditivamente a su hermana
mayor mientras tenía un ataque de diarrea. Hoy, sin casi
darse cuenta, quizá porque estaba muy nervioso, se ha
quedado embobado a pocos centímetros de la puerta de
Marina. De momento, por lo que ha podido escuchar,
solo ha tosido un par de veces.

No contaba con que, de pronto, del cubículo contiguo
saldría el hombre supuestamente francés, y aún menos
que lo miraría con asco antes de alejarse para lavarse las
manos. Ha pasado así: han sido unos segundos brevísi-
mos pero ultrasónicos, durante los cuales Joan ha entrado casi corriendo en el baño vacío.

Lo primero que nota es un intenso hedor a mierda.
Podría proceder de su izquierda, donde hace unos minutos había entrado un hombre con papada de sapo,
que antes no le había llamado la atención pero que en
esos momentos se le manifiesta en toda su monstruosi-
dad, más propia de una ciénaga remota que del sótano
de un centro cultural de programación impecable. También podría tratarse del resultado de una descarga por
parte del hombre supuestamente francés, que todavía
no ha acabado de lavarse las manos. Hasta podría darse
el caso de que ese olor nauseabundo lo esté propagando
Marina. Joan se sorprende de que alguien se atreva a
poner en práctica la arriesgada opción B en un contexto
como aquel. Se sorprende, pero a la vez le intriga saber
si es Marina quien es tan tenaz: se supone que cuando
salgan afuera, en un momento u otro del camino hacia

el metro, deberán retomar el diálogo que ha quedado interrumpido y finalmente quedará claro si están dispuestos a empezar una relación que sobrepase la amistad. Los besos. Los abrazos. El ir un poco más lejos.

Joan mea mientras piensa en todo eso. El cubículo que tiene a su izquierda se vacía. El hombre con papada de sapo se aclara la voz y se va sin lavarse las manos. El momento de intimidad es total: en los lavabos de Casa Asia solo quedan Marina y él. Acaban de ver *Ba xing bao xi*, una alocada comedia de Johnnie To. Marina estudia primero de biología. Él ha empezado informática. Son amigos desde hace dos años y dentro de nada probablemente debutarán en el intrigante mundo de la pareja. Joan está seguro de querer salir con la chica: se acaba de decidir en ese preciso momento, tras escuchar la primera flatulencia arrogante y estridente de su querida Marina; segundos después, esta es acompañada del chapuzón rotundo de un excremento que imagina de dimensiones considerables.

Navaja suiza

> «Fue una llamada breve, pues no teníamos
> mucho más que decirnos. Llovía.
> Me preparé café y me puse a leer.»
> Peter Stamm, *En el extrarradio*

Desde hace unos años, formo parte de esa minoría creciente que nada más empezar las vacaciones carga una maleta y se marcha a un país extranjero. Consume los días visitando monumentos, degusta platos que solamente le pasan factura cuando vuelve a casa, observa escaparates de tiendas con expresión alucinada, recorre paisajes alejados de las lacras urbanas y, quizá de manera algo paradójica, concede una gran importancia a los parques, ya estén estos frecuentados por gente que corre, padres que airean a sus críos, perros que parecen diablos tristes y de poca monta, viejos que se arrastran como estatuas u hombres que han perdido el trabajo y exponen su desgracia con una lata de cerveza en la mano. No me molesta que me llamen turista. Para mí, los viajes son la guinda de un pastel equivalente a todo un año: es el punto más dulce, la perfección esférica, la delicia que el comensal reserva para el último bocado.

Hace tiempo que Estrella y yo hemos aprendido que el mejor momento para viajar no es el verano. Reservamos el grueso de las vacaciones para los meses de octubre o de noviembre y, en enero o marzo, nos cogemos unos días más. La antelación con que planificamos los viajes nos permite comprar billetes de avión a precios bajos y aprovecharnos a menudo de alguna excepcional oferta de alojamiento. Cuando salimos de Barcelona se acaban todos los pesares y los oídos se descomprimen: estamos preparados para unos días de descubrimientos, de visitas instructivas y de manjares suculentos. Coger un autobús puede ser una experiencia maravillosa, si estás en Polonia; tomar una cerveza es fenomenal, siempre y cuando estés sentado en uno de los bancos de madera de una *brauerei* bávara; hay pocas cosas mejores que una visita guiada a un yacimiento remoto: estar lejos de casa nos estimula y nos diluye la mala leche, nos oxigena la cabeza.

Cuando rondábamos los treinta, nos marchábamos sin ninguna idea previa, con ganas de dejarnos sorprender por cualquier pequeñez. A los cuarenta, descubrimos las virtudes de las guías de viaje. La adicción fue en ascenso: al principio, el uso era sobre todo funcional; al cabo de un tiempo, empezamos a seguir el papel impreso con minuciosidad y devoción. No podíamos dirigirnos al aeropuerto sin haber estudiado antes la historia, los monumentos imprescindibles y los grandes secretos del país hacia el cual nos encaminábamos. Nuestra actitud sistemática nos ha llevado a comprender que los viajes se aprovechan todavía más si se conoce de antemano la producción cultural del próximo destino. Fue poco antes de llegar a los cincuenta cuando Estrella y yo empezamos a leer la literatura escrita en el país que teníamos intención de visitar. Antes de ir a Estambul leímos a Orhan Pamuk, Perihan Magden y Yaşar Kemal. Preparamos la escapada a Trieste nutriéndonos a base de novelas de Italo Svevo, Giani Stuparich, *Il mio Carso* de Scipio Slataper —que intentamos leer en italiano sin lograrlo— y hasta algún ensayo de Claudio Magris. No le sacamos mucho jugo, pero reforzó todavía más nuestra furia viajera. Para ir a Finlandia, nos divertimos de lo lindo con Arto Paasilinna, pasamos un magnífico rato con *El libro del verano*, de Tove Jansson, sin que ello implicase una aproximación a la producción infantil de la autora y, de haber encontrado alguna de las antologías de cuentos de Veikko Huovinen, las habríamos explorado con mucho gusto. Para ir a Cerdeña, escogimos a Grazia Deledda y Salvatore Satta, y aquella vez que pasamos un fin de semana en Tallin, devoramos *El loco del zar*, de Jaan Kross, sin comprender más de tres líneas seguidas.

El último viaje empezó a finales del año pasado, cuando Estrella llegó a casa con una novela de Peter Stamm.

—Es uno de los escritores suizos más reconocidos del *panorama* actual —me explicó mientras yo observaba el libro con perplejidad.

Recuerdo que pensé, algo nervioso, que Suiza era uno de los países europeos que teníamos pendientes. Dije:

—¿Ah, sí? Qué interesante.

Y continué fregando las sartenes.

Desde que nos adentramos en el consumo de literatura, Estrella empleaba palabras y expresiones nuevas que se me pegaban y luego soltaba en el trabajo. A veces, cuando tenía delante al dueño de un bar a quien intentaba convencer para que cambiase la vieja cafetera que utilizaba desde hacía cuatro décadas por uno de los últimos modelos que ofrecía nuestra empresa —que le duraría, como mucho, diez años—, le acababa diciendo:

—Oiga: en el *panorama* actual, la renovación es indispensable.

El dueño del bar se asustaba y descartaba la compra. Yo volvía al coche cabizbajo y escondía la última lectura debajo del asiento. La abstinencia duraba tan solo unas horas, hasta que conseguía olvidar la sensación de fracaso con la venta de una de mis cafeteras.

La llegada de Estrella con la novela de Peter Stamm fue el primer indicio de una propuesta que no llegaría hasta pasados unos cuantos días:

—He pensado que podríamos ir a Suiza —me dijo—. El libro es pura *delicuescencia*, Octavi.

Estrella rara vez pronunciaba mi nombre. Intuí que la lectura le estaba resultando tan provechosa que, una tarde que había conseguido vender tres cafeteras, entré en la misma librería en la que Estrella había comprado la novela de Stamm y me interesé por su *producción literaria*. Encontré a una librera que había *descubierto al autor* hacía tres años y había leído con *devoción* todo lo que había escrito. Había llegado a aprender alemán solo para leer aquella parte de su *obra* que no había sido traducida ni al castellano ni al catalán: las obras de teatro y los cuentos dirigidos al lector infantil.

—Los niños de aquí solo leen a Jordi Sierra i Fabra y a Care Santos —dijo.

Los dos nombres me sonaban y me permití no solo asentir con la cabeza, dándole la razón, sino añadir unas palabras de apoyo:

—Sin duda.

La librera me recomendó *Lluvia de hielo*, el primer libro de relatos de Stamm.

—Preferiría una novela —le hice saber—. Los cuentos suelen ser demasiado rebuscados.

Mi comentario la desanimó de tal modo que acabé quedándome *Lluvia de hielo*.

—Le prometo que no lo defraudará —me aseguró mientras me acompañaba a la caja.

No fue exactamente como ella decía. Los cuentos de Stamm me dejaron más bien indiferente. Los leía a escondidas por la noche, cuando Estrella ya se había ido a dormir y el piso se convertía en un ataúd inmenso. Incluso cuando me rascaba la cabeza con un dedo, el sonido tenía algo de misterio cósmico.

—¿Cómo va la novela? —le preguntaba de vez en cuando.

Yo esperaba una respuesta que coincidiera con mi opinión, pero los elogios de Estrella habían sido inequívocos desde el primer momento, hasta el punto de que un día, cuando solo le quedaban treinta páginas para terminar el libro, me dijo:

—Stamm es taaan bueno... Si fuese más joven, me habría enamorado de él.

Aquella noche, cuando Estrella ya dormía, me levanté de la cama, fui hasta el despacho y saqué del escondite *Lluvia de hielo*. «Peter Stamm (Winterthur, 1963) ha estudiado filología inglesa, psicopatología e informática en Zúrich. Ha vivido largas temporadas en París, Nueva York y los países escandinavos. Desde 1990 se dedica a la literatura. Ha escrito una obra de teatro y colabora habitualmente en la radio y la televisión. Desde 1997 es redactor de la revista literaria *Entwürfe für Literatur*.

Este es su segundo libro.»

Stamm solo tenía cuatro años menos que Estrella y siete menos que yo. Tardé más de la cuenta en dormirme y tuve pesadillas protagonizadas por el escritor y mi mujer: copulaban en parques suizos, rodeados de vacas de una conocida marca de chocolate.

La visión me tuvo preocupado unos cuantos días. Dejé escapar la venta de varias cafeteras, empecé a tomar somníferos sin prescripción médica y, por primera vez en mucho tiempo, volví a plantearme la posibilidad de pedir cita con el doctor Ibars, mi psicólogo. En lugar de ponerme en manos de un profesional, sin embargo, opté por visitar otra librería y comprar —ahora sí— una novela de Peter Stamm.

—*Siete años* es muy buena —me hizo saber la librera.

—Esta ya la tengo —comenté mientras recordaba la frase con la que Estrella me la había definido: «Es pura delicuescencia»—. No me ha convencido.

—¿Y este otro?

Señalaba el volumen de relatos *Lluvia de hielo*.

—Tampoco.

—Entonces, ¿por qué no lo intenta con otro autor?

Estaba resuelto a seguir investigando a Stamm, así que compré *Paisaje aproximado*. Lo primero que hice fue buscar el apunte biográfico del autor y leerlo. El texto solo presentaba una variación respecto a la solapa de *Lluvia de hielo*, emplazada al final: «Reconocido como una de las voces más importantes de la nueva narrativa en lengua alemana, Acantilado ha publicado ya *Agnes* (1998) —su primera novela— y el libro de relatos *Lluvia de hielo* (1999)». Debajo estaba la misma foto del otro libro: un retrato del autor en una cocina, mirando a la cámara entre suspicaz y molesto. Tenía bolsas bajo los ojos, boca arisca y nariz discreta. Llevaba una camisa arrugada. Iba ligeramente despeinado.

La novela me gustó bastante. Por el personaje principal, una aduanera silenciosa con un hijo a su cargo, y también por el lugar donde pasaba, un pueblo del norte de Noruega que no me costó imaginar gracias a la ruta que habíamos hecho hacía diez años con Estrella. Vimos un montón de pueblos como aquel mientras viajábamos: cuatro casas cerca del mar, habitadas por pescadores siempre de mal humor; un bar con dos hombres solos bebiendo cerveza en la barra; y las iglesias, tranquilas y firmes, dominándolo todo.

Una noche, después de cenar, le mostré *Paisaje aproximado* a Estrella.

—Me lo compré hace unos días. Está muy bien —le dije.

Estrella lo cogió, observó la ilustración de la cubierta con atención —un árbol sombrío, con una tela de araña espesa de ramas— y después leyó la solapa.

—Stamm viene dentro de unos días a Barcelona para una charla —me explicó antes de devolverme el libro.

—¿Quieres que vayamos?

Aunque no me contestó, sabía que le apetecía ir. El día señalado era el miércoles 2 de noviembre. Me organicé para acabar mis visitas un poco antes, pasar a buscar a Estrella por el bufete de abogados donde trabajaba y llevarla hasta el Centro de Cultura Contemporánea. Llegamos con la suficiente antelación como para poder encontrar un asiento bien situado. Cuando el acto empezó no cabía un alfiler y el editor, vestido de etiqueta y midiendo sus gestos, se mostró satisfecho de que todo ese público *escogiera* la buena literatura. Stamm estaba sentado en una butaca con forma de huevo. Detrás de él había un gran ventanal desde el que se divisaba el contorno de la ciudad y el cielo cargado de nubes.

Como no había tenido tiempo ni ganas de leer *Siete años*, la novela que Stamm presentaba, pasé gran parte del acto sin prestar atención a sus palabras. Las preguntas insípidas que le hacía el entrevistador, hombre de *look* televisivo, no me ayudaron a concentrarme. Tampoco la traducción simultánea, torpe y a veces incomprensible. Solo hubo unos minutos en que conseguí superar todos los obstáculos y procesar las respuestas del escritor, que contaba que solía escribir en los trenes.

—En Suiza puedes comprar un abono anual que te permite viajar a un precio muy asequible —explicó—. A veces cojo un tren solo para escribir y me paso dos o tres horas trabajando. De hecho, en mi país hay muchos escritores que hacen lo mismo.

El presentador elogió la estrategia:

—Escribir en el tren debe de ser mucho más rentable que pagar un estudio.

Stamm trató de sonreír, pero no lo logró del todo, ni entonces ni cuando, a continuación, explicó que el lugar donde trabajaba más cómodamente era en casa. Poco después, el hombre del *look* televisivo le preguntó si escribía historias truculentas porque era una persona normal.

—Me gusta escribir y no siempre me sale bien —dijo—. Trabajo cuatro o cinco horas al día y luego voy a buscar a mis hijas al colegio. A lo largo de los años he abandonado muchos cuentos y unas cuantas novelas. Quizá por eso continuo escribiendo: porque nunca sé si lo que estoy trabajando llegará a las librerías o será otro manuscrito inacabado. ¿Alguno de ustedes se ha preguntado por la cantidad de cadáveres que los escritores guardamos en el cajón?

Tuve que ir al baño poco antes del final del acto y, de vuelta, me fijé en una mesa donde una chica vendía todos los títulos de Stamm.

—¿La ha leído? —le pregunté señalando la última novela.

La chica dijo que no con la cabeza.

—La tengo pendiente —dijo, poniendo los ojos en blanco.

No le dejé tiempo para que añadiese ningún comentario sobre el atractivo del escritor y me dirigí hacia la sala donde continuaba la presentación. Ya había acabado. En un primer momento pensé que Estrella se había marchado sin mí. Un rápido barrido visual me permitió detectarla en la cola de lectores que querían que Stamm les firmase un libro.

La esperé sin quitarle los ojos de encima. El escritor la saludó levantando la mano derecha, un mínimo gesto, desganado. Ella le sonrió y pronunció su nombre. Mientras Stamm firmaba el ejemplar, Estrella dijo algo más. Una frase larga, incomprensible por culpa de los nervios, que le jugaron una mala pasada. No recibió otra respuesta que la entrega de la novela con un garabato indescifrable y soso.

Por supuesto, me ahorré cualquier comentario sobre el encuentro y me limité a volver con Estrella a casa. Cenamos un paquete de *carpaccio* envasado al vacío y unas tostadas con paté a las finas hierbas mientras charlábamos sobre el viaje a Suiza. En un principio habíamos acordado que sería el primero del siguiente año.

—Será mejor que vayamos antes de Semana Santa, ¿no te parece? —pregunté.

—O antes o después. Si vamos después, tendrá que ser la segunda quincena de abril.

—¿Domingo de Ramos cae muy tarde?

—El 1 de abril.

Después de cenar y de los quince minutos de lectura —Estrella acababa de empezar *Homo Faber* de Max Frisch (Zúrich, 1911-1991)— traté de conseguir alguna atención sexual. No esperaba ni mucho menos llegar al coito: como mucho, pretendía masturbar a Estrella con un pequeño objeto o que ella me dedicase alguna depravación oral, pero ella no quería jugar. Lo único que obtuve fueron un par de frases lapidarias que me obligaron a retrasar la hora de irme a la cama tanto que acabé tragándome un concurso italiano con el volumen prácticamente a cero y prestando especial atención a las tetas y a las melenas resplandecientes de las azafatas.

Dejé que pasaran unas cuantas semanas antes de abordar alguna librería. Cuando me decidí a hacerlo, cambié de franquicia y de modelo de negocio: me tocó recorrer una superficie comercial de dimensiones considerables antes de entrar en la tienda donde se despachaba cultura y alta fidelidad —curioso binomio— y, una vez localizada la sección de librería, me acerqué a la dependienta que me pareció más joven.

—¿Qué libro me recomendaría de un escritor suizo?

La chica me miró de arriba abajo —el bigote fino, la calva lustrosa, el maletín de piel, los zapatos escrupulosamente limpios— y me contestó con otra pregunta:

—¿Qué escritor dice que busca?

—Ninguno en concreto, pero tiene que ser suizo.

La chica tecleó algo en el ordenador y, al cabo de unos segundos, volvió a repetir el proceso. No le bastó con esta segunda tentativa, fueron necesarias una tercera y una cuarta antes de poder decir algo coherente:

—¿Qué le parece... Heidi?

—¿Heidi?

Noté un calor humillante en la frente.

—Sí.

—¿Se refiere a la historia de la niña, las cabras y la señorita Rottenmeier?

De repente, mi frente se había convertido en un apéndice residual pero muy activo del infierno. Ella aún hablaba:

—Tengo el cuento en castellano y en inglés. También está disponible una adaptación manga.

—Me interesaría más una recomendación para adultos, si tiene alguna.

La dependienta no me entendió o fingió a la perfección: me dio las gracias y se despidió rápidamente antes de darse media vuelta y desaparecer tras una puerta en la que no había reparado hasta ese momento. Como no tenía cerca a otros clientes ni tampoco a más dependientes, pasé al otro lado del mostrador e intenté localizar literatura suiza adulta con el mismo programa informático que había empleado la chica, pero tampoco lo logré.

Ya en casa, encendí el ordenador y me dediqué a investigar escritores suizos mediante búsquedas básicas de Google. Encontré un nombre que me pareció digno de confianza: Hermann Hesse. Nacido en un pequeño pueblo de la Selva Negra alemana el año 1877, Hesse se marchó a Basilea (Suiza) con su familia cuatro años después. Más adelante, Hesse trabajó de librero en Tubinga, vivió experiencias de *gran valor espiritual* en India y se casó con Maria Bernoulli, hija de matemáticos ilustres que sufrió varias crisis de esquizofrenia. En 1946, le concedieron el premio Nobel de Literatura. Conservó toda la vida la doble nacionalidad, la alemana y la suiza. Según el perfil biográfico que leía, sus novelas imprescindibles eran, por este orden, *Siddhartha*, *El lobo estepario* y *Demian*, las tres publicadas antes de la década de los treinta.

Después de anotar el título de los libros de Hesse en el sobre de la última factura telefónica, seguí con mi búsqueda. El nombre de Johanna Spyri me remitió a Heidi, pero ni siquiera el hecho de que hubiese nacido, vivido y muerto en Suiza entre 1827 y 1901 me motivó a seguir investigando su obra. Tuvo un papel importante en ello el hecho de encontrar, encabezando cuatro datos biográficos de la autora, un retrato de su cara severa decorada con una compleja corona de trenzas.

Las siguientes referencias tampoco me entusiasmaron demasiado: el nombre de Friedrich Dürrenmatt no me decía nada, y menos el de Agota Kristof, que a pesar de ser húngara y escribir en francés había vivido en Zúrich durante más de cincuenta años para acabar muriendo allí hacía pocos meses. Apunté sus nombres debajo del de Hermann Hesse, por si después de leer al Nobel seguía con ganas de profundizar en la lectura de autores suizos. Entonces llegué a Jean-Jacques Rousseau, filósofo y escritor que hasta aquel momento había creído francés. Descubrir que había nacido en la república de Ginebra en un año tan remoto como 1712 me obligó a servirme una copa de whisky. Me la bebí de un trago con la intención de continuar investigando, cosa que no hice por culpa de una llamada urgente de mi madre desde el hospital: acababan de ingresar a mi padre con un cuadro clínico que tenía todas las probabilidades de acabar en infarto.

—Voy ahora mismo, mamá —murmuré.

Salí de casa sin avisar a Estrella, apagar el ordenador ni coger la chaqueta. Pero no hubo infarto. Falsa alarma. Y, al cabo de una semana de compaginar mis rutas comerciales con las obligadas visitas a mis padres, volví a pasar por la librería donde había comprado mi primer Stamm y recurrí a la librera, que localizó sin ningún problema un ejemplar de bolsillo de *Siddhartha*.

—Tenga —me dijo.

Me pareció que enfatizaba demasiado el usted. Quizá se acordaba de la última vez que había ido y me tenía un poco de miedo. Pensaba en ello mientras hacía cola para pagar y, de vez en cuando, observaba cómo atendía a otro cliente, ordenaba algún libro o consultaba algo en el ordenador, muy probablemente su correo electrónico. En vez de volver a casa, entré en una cafetería espaciosa y me puse a leer *Siddhartha*. No pude pasar de la página catorce. A pesar de los esfuerzos por seguir avanzando, acabé con la vista fija en la pantalla de televisión del fondo del local. Daban la repetición de un partido de fútbol de la liga inglesa. Nadie lo veía. El propietario del local debía de haber pensado que aquella retransmisión podía inspirar sentimientos agradables o, al menos, captar clientes.

No me levanté de la silla hasta las nueve, con la esperanza de que el Leeds marcase algún gol, deseo que no se materializó. Después de pagar, fui al lavabo y recorrí toda la tapa —circularmente, dos veces— con el chorro de mi orina. No me lavé las manos y, cuando salí a la calle, fui hasta la librería, que cerraba a las nueve y cuarto, a esperar a que saliese la librera que hasta entonces me había atendido con tan buena disposición, aunque quizá un poco estirada por la diferencia de edad o por el poco tino de mis peticiones. Había sabido marcar la distancia justa entre nosotros, actitud comprensible pero que, aun así, me tenía inquieto.

La esperé debajo de una farola, para que viese que mis intenciones eran puras y luminosas. Quería asegurarme del sentimiento que le inspiraba. Si se confirmaba que le daba miedo, le pediría sin rodeos que me explicase el motivo.

La chica apareció diez minutos más tarde, de la mano de otra trabajadora del establecimiento, una mujer de pelo blanco que en otras ocasiones había pillado observando a los compradores desde un despacho situado en el piso superior. Me dedicó una fugaz mirada de reconocimiento. Cuando vio que alzaba la novela para ayudarla a situarme —«soy el de *Siddhartha*»— se pasó una mano por el pelo y, mientras la dejaba caer hasta la altura de su cadera, se despidió de mí con un gesto ínfimo. No hice absolutamente nada. Ni siquiera observé cómo se alejaban las dos, una al lado de la otra, tan bien avenidas. Mente en blanco. Exceso de transpiración.

Pasé toda la noche hablando de cafeteras con Estrella. Nos centramos en los dos nuevos modelos que la empresa quería potenciar los próximos meses y en las pocas posibilidades que tenía de cobrar la prima anual.

—Cada vez os exigen más —trató de consolarme.

En parte tenía razón. Que yo supiese, solo dos de los doce vendedores en plantilla superarían la cifra que les permitiría acabar el año con una paga extra agradable. Era verdad, por otra parte, que llevaba un tiempo bastante desmotivado. Solo quería irme a Suiza, aunque no estuviese preparado para el viaje: no había leído suficiente literatura ni de lejos.

—Necesito desconectar —le aseguré aquella misma noche a Estrella—. ¿Podríamos adelantar las vacaciones?

—¿Y me lo dices ahora? ¿Estás seguro de que es eso lo que quieres?

No contesté ni volví a insistir, pero al cabo de unos días, poco antes de Navidad, Estrella me llamó por teléfono y me preguntó si todavía me interesaba irnos de viaje antes de lo que habíamos previsto. Le dije que sí y ella propuso que nos fuéramos la tercera semana de enero.

—¡Perfecto! —chillé.

Esa misma tarde vendí media docena de cafeteras y aún me sobró tiempo para pasar por el supermercado y comprar un paquete de *carpaccio* envasado al vacío, con la intención de preparar una cena especial que a última hora se pospuso porque después de una llamada tuvimos que ir corriendo al hospital. Ahora sí: mi padre había sufrido un infarto.

—No podía resultar más oportuno —dejó escapar Estrella mientras yo abría la puerta del coche.

Me fijé que tenía una carrera en las medias, pero no se lo dije. Tampoco contesté a su comentario.

Mi padre tardó en recuperarse. Mi madre, que empezaba a perder la memoria, cada vez que entraba en la habitación del hospital donde él estaba ingresado, me preguntaba si me había quedado sin trabajo.

—Todo está tan mal, hijo... —me decía con las manos sujetando una estampa que había intentado endosarme en varias ocasiones—. Tan mal que me parece que no saldremos adelante.

Durante los días que mi padre pasó en el hospital, el estado de ánimo de Estrella fue positivo (quizá más de lo debido). Hablaba del bufete de abogados, de su nuevo profesor de conversación en inglés y de las maravillosas clases de *spinning* a las que asistía, pero sobre todo me leía pasajes destacados de las guías de Suiza que se había comprado en un centro comercial. Parecía que había dejado aparcados los libros de Peter Stamm y Max Frisch. Me sorprendió que un día me empezara a contar la *apasionante vida* de Hermann Hesse, de quien ya había acabado *Narziso y Goldmundo*, *El último verano de Klingsor* y *El juego de los abalorios*. No le comenté que en casa tenía *Siddhartha*. Cuando un día llegó a la habitación del hospital con el libro, estuve tentado de preguntarle si era mi ejemplar, pero lo dejé estar después de una intromisión de mi madre.

—Estrella, reina, lees demasiado y eso no te hará ningún bien —le dijo sin apartar la vista de mi padre, que empezaba a querer que le diesen el alta para como mínimo no tener que aguantar a la familia en un espacio tan pequeño—. ¿Oyes lo que te digo? La gente que lee tanto acaba un poco chiflada.

Estrella se levantó de la butaca donde acababa de sentarse y salió de la habitación. Después de reñir a mi madre, fui a buscarla. Recorrí el pasillo hasta una salita de espera minúscula donde la encontré de pie en un rincón, mordiéndose el brazo.

—No la soporto —me dijo mientras se dejaba abrazar por detrás.

—Tranquila. Pronto nos iremos de vacaciones y nos olvidaremos *de todo esto*.

Al día siguiente, compramos los billetes de avión a Zúrich. Nuestra intención era recorrer el país en tren; solo sabíamos que al cabo de dos semanas teníamos que volver a estar en Barcelona.

Estimulado por la proximidad de las vacaciones, los primeros días de enero vendí una cantidad de cafeteras tan impresionante que hasta el director de la sucursal barcelonesa me llamó a su despacho y me felicitó.

—Su esfuerzo, señor Fonallosa, es muy meritorio. El momento difícil que atraviesa el país y, claro está, nuestro sector, no le han impedido enfrentarse a su trabajo con un encomiable coraje. Le doy mi enhorabuena con total sinceridad.

El director me tendió la mano y acepté el gesto con falso entusiasmo. Me parecía increíble que después de veinte años en la empresa todavía fuese incapaz de pronunciar mi apellido correctamente. Eso siempre y cuando no se tratase de una estrategia para humillarme: pronunciado de esa manera, mi apellido no era otra cosa que una parodia del auténtico.

Cuando salí del despacho me encerré en el baño y repetí seis veces un único insulto mirándome en el espejo:

—Hijo puta. Hijo puta. Hijo puta. Hijo puta. Hijo puta. Hijo puta.

En casa, le conté a Estrella que el director estaba muy satisfecho con mi trabajo. Quizá en señal de recompensa, se prestó a masturbarme justo después de cenar, mientras veíamos el telediario. Después de la paja —ejecutada expeditivamente—, ella se fue a la cama y yo llamé a mis padres.

—¿Qué tal estáis? —fue lo primero que le pregunté a mi madre.

—Tu padre tiene ochenta y tres años y yo estoy a punto de cumplir ochenta y uno. Creo que con esto ya te he contestado, hijo.

—¿Todavía está tan desanimado?

Desde que le habían dado el alta, mi padre apenas había salido de la cama. Se negaba a hablar con sus amigos y ni siquiera iba al bar de debajo de casa a ver los partidos del Barça. Si mi madre o yo se lo reprochábamos decía: «Una retirada a tiempo es una victoria». A continuación, entornaba los ojos y se adormecía.

—Tu padre está hecho polvo. El infarto lo ha acabado de hundir.

—¿Qué hacíais ahora? —No sabía cómo continuar la conversación, pero tampoco podía colgar tan rápido.

—Estábamos viendo la tele.

—¿El telediario?

—No. Un *pograma* de cotilleos.

—¿Papá también?

—Él no. Se ha acostado a las ocho. O puede que incluso antes. Yo que sé, hijo, estamos fatal.

Mientras duraba la agonía telefónica, fui al baño, oriné sentado en la taza y, con un trozo de papel de váter, me limpié los restos de semen que Estrella no había atrapado con la mano.

—Mamá, tenéis que intentar tomaros las cosas de otra manera —le recomendé, todavía en plena higiene—. Un poco más relajadamente. No sirve de nada amargarse, ¿no os dais cuenta?

Opté por explicarle que esa misma tarde el director me había llamado al despacho para felicitarme.

—Estoy convencido de que estos días vendo más gracias a mi actitud positiva.

No la convencí: contestó que una buena noticia de verdad sería que me hubieran ascendido.

—Mamá, no es justo que digas eso.

—Hace tanto tiempo que deberías de haber dejado de ir vendiendo puerta a puerta, arrastrándote como un gusano... —empezó, pero, antes de oír cómo continuaba el discurso de siempre, colgué el teléfono y, a continuación, lo desconecté del *router* inalámbrico.

En la habitación, Estrella leía un libro de Thomas Bernhard, *El malogrado*.

—¿Otro autor suizo? —le pregunté—. ¿*Pura delicuescencia*?

—Vete a la mierda.

Estrella se levantó de la cama, pasó a mi lado sin dirigirme la palabra y se encerró en el cuarto de baño. No la esperé despierto.

Al día siguiente, fui a la franquicia donde habían intentado venderme *Heidi*. Localicé a la misma chica que me había atendido la primera vez y le pedí la adaptación manga de la historia de Johanna Spyri. No tardó en dar con él y me hizo entrega del ejemplar con una sonrisa de satisfacción acrítica, quizá un poco robotizada.

—A mi hija le encanta *la* manga —le dije, inseguro por haber empleado, quizá incorrectamente, el artículo femenino. La mueca extraña de la dependienta me instó a cambiar de género—. El manga es fantástico. Es un dibujo tan especial... Esos ojos enormes. Y esos peinados extravagantes.

—Sí.

La dependienta miraba por encima de mi hombro, con la esperanza de encontrar un nuevo cliente que le permitiese liberarse de mi presencia.

—También quisiera otro libro —anuncié—. Uno de Thomas Bernhard. Dígame dónde puedo encontrar sus novelas.

—Enseguida.

Me llevó hasta una estantería llena a rebosar de volúmenes de autores alemanes y, antes de que le pudiese dar las gracias, la chica ya se había volatilizado. No me costó demasiado localizar un par de títulos de Bernhard, los dos en un cómodo formato, para nada ostentoso, pero, después de repasar la biografía de la solapa de uno y otro volumen, descarté la compra. Bernhard había nacido en Holanda en 1931. Había vivido gran parte de su vida en Austria: la editorial había creído conveniente destacar que el autor había pasado «largas temporadas» en Madrid y que era uno de los grandes escritores europeos de la segunda mitad del siglo XX gracias a «sus análisis sin piedad de la condición humana». «Trata temas como la muerte, la enfermedad, la destrucción, la locura y la desolación que asedian al hombre», concluía el texto.

Regresé al mostrador con la esperanza de encontrar a la dependienta, pero no estaba por allí. La esperé casi diez minutos con los dedos clavados en el cristal del mostrador. Cuando apareció y los separé de ahí, hicieron acto de presencia diez manchas de sudor circulares, tibias como amenazas, intrigantes como el vaho que se acumula en los espejos si uno se ducha con el agua demasiado caliente.

—Hola —dije—. Tengo otra pregunta.

—Sí.

—He encontrado los libros de Bernhard, pero he descubierto que no es suizo. Nació en Holanda y vivió, gran parte de su vida, en Austria. ¿Usted sabe si su relación con Suiza tiene alguna importancia? Estoy desconcertado.

—Usted solo quiere leer a escritores suizos.

—Por ahora, sí. Tengo mis razones. —Me pasé la mano por la frente. Sudaba un poco—. ¿Sería mucho pedir si le solicito que me busque algún otro autor suizo en la base de datos?

—Ningún problema.

Después de un par de búsquedas, la chica fue a parar de nuevo a la Heidi de Johanna Spyri. Levanté mi ejemplar manga con el mismo entusiasmo que si se hubiese tratado de un trofeo escolar.

—No sale nada más —se excusó la dependienta.

—¿Y si trata de buscar a Hermann Hesse? Quizá le sale otro escritor suizo debajo.

—¿Cómo dice que se llama el autor?

—Hesse. Hermann Hesse. El de *Siddhartha*. Hermann... con hache inicial y dos enes.

Su nueva búsqueda me descubrió un nombre que hasta entonces no había escuchado jamás: Robert Walser. Regresé a la estantería de literatura escrita en alemán. Para encontrar los libros de Walser me tocó agacharme y extirpar tres títulos conservados en estado precario: *Jakob von Gunten*, *Los cuadernos de Fritz Kocher* y *El ayudante*. Compré todos y, nada más llegar a casa, empecé *Jakob von Gunten*, nombre que reverberaba en mi interior como si, de algún modo, hubiese formado parte de mi vida desde hacía mucho tiempo. Jakob von Gunten, paciente y sumiso: un hombre pequeño que no quiere dejar de serlo.

Era la primera vez que liquidaba una novela de una sentada. Ese día, cuando cumplí aquella hazaña, me sentí exhausto y cerré los ojos un momento. Soñé que trabajaba en las caballerizas de un castillo: el trabajo era muy gratificante, sobre todo cada vez que aparecía algún noble acompañado de su dama, a quien ayudaba a subir al caballo con toda la calma del mundo. Mi única aspiración era retener el contacto con ellas —jóvenes y altivas— tanto como me fuese posible.

Me despertó Estrella.

—¿Te encuentras mal? —me preguntó, aún con la mano que había usado para zarandearme clavada en mi hombro.

Antes de contestar, eché un vistazo al reloj. Eran las diez y cinco.

—No, no, estoy bien.

—Tenía una reunión y se ha alargado.

—No pasa nada. Me he quedado dormido mientras leía.

Estrella repasó la cubierta del libro y me preguntó cuál de los dos nombres —Jakob o Robert— correspondía al autor.

—Robert Walser.

—¿Y nos sirve?

Con eso quería saber si Walser era suizo. Asentí con la cabeza.

—Nos resultará mucho más útil que aquel escritor que leías ayer.

—¿Bernhard?

—He visto que nació en Holanda y vivió en Austria. Alguna estancia larga en Madrid. Lo leí en el perfil biográfico de la solapa. Bernhard no nos sirve.

Estrella se fue a nuestra habitación y regresó al cabo de unos segundos con *El malogrado* en las manos. Lo abrió por la mitad y me leyó un pasaje larguísimo —narrado con una cantidad considerable pero adictiva de circunloquios— en el que el personaje, un tal Wertheimer, iniciaba un viaje en tren desde Austria hasta Suiza para ver a su hermana. Casada desde hacía poco con un empresario farmacéutico, ella había abandonado la residencia familiar de Viena, compartida únicamente con Wertheimer, que había sido compañero de conservatorio de Glenn Gould y del narrador del libro. Desde que se había quedado solo, Wertheimer se había dedicado a pensar en la mejor manera de fastidiar a su hermana. Así que, viajó en tren hasta Zizers y, cuando hubo localizado la extensa propiedad donde ella vivía, se dirigió allí, entró furtivamente y se ahorcó de uno de los árboles.

—Es una historia terrible —dije cuando Estrella acabó la lectura.

—A mí *me fascina*.

—No sabes de lo que hablas.

—Bernhard es una maravilla. Es fascinante y punto.

Al día siguiente, durante la conversación con el primer cliente del día, usé el mismo adjetivo aplicado a uno de los modelos de cafetera que la empresa quería *implementar* —otra expresión robada— los próximos meses. El propietario del bar se tragó mi falso entusiasmo y la cafetera. Al salir a la calle, recibí un mensaje de Estrella en que me proponía que nos encontrásemos en un hotel cercano a la plaza de Francesc Macià. Sospeché algo desde el primer momento. Por eso me presenté allí sin responder el mensaje y con un cuarto de hora de antelación.

—Habitación 306 —anuncié al recepcionista.

—Habitación 306 —repitió él, como si su cerebro necesitase una confirmación en voz alta para activarse.

Antes de despedirme, le pedí que no comentase mi llegada a la mujer que había reservado la habitación.

—Es una sorpresa —murmuré para acabar de convencer a aquel recepcionista que, la verdad, ya debía de estar más que acostumbrado a cualquier perversión adúltera.

Veinte minutos más tarde, agazapado en el único armario del dormitorio, pude ver cómo Estrella entraba en la habitación, se encerraba en el baño y salía con una combinación de lencería que nunca le había visto puesta. A punto estuve de salir de mi escondite y abalanzarme sobre ella: se había tumbado en la cama y, de una de las copas del sujetador, se le escapaba un pezón amarronado que, para mi sorpresa, me puso a cien. Al cabo de unos minutos, Estrella llamó por teléfono y abroncó a su amante, que aseguraba no saber nada del encuentro de aquella tarde. Después de colgar el teléfono, *mi mujer* se vistió de mala gana y se fue. Esperé diez minutos antes de salir del armario, por si Estrella se había dejado algo y volvía a buscarlo. Como no fue ese el caso, abandoné mi escondite. Me masturbé sobre la cama y, luego, en la ducha y todavía una última vez delante del armario, con las puertas abiertas, dejándome embriagar con el intenso olor a madera que desprendía el interior de aquella cueva secreta. Todavía no había caído en la cuenta de que nuestro matrimonio se había ido al garete.

Dos semanas después, el despertador sonó a las cinco y media de la mañana, nos levantamos de un salto de la cama, nos duchamos y desayunamos. Estrella y yo salimos de casa como un par de hermanos bien avenidos que van juntos al colegio, arrastrando maletas de ruedecillas en vez de mochilas con dibujos de conejitos. Había intentado olvidar la *velada* del hotel leyendo más novelas de Walser, un poco de Hesse —que enseguida me saturaba— y de Max Frisch. Sobre todo, me había esforzado en concentrarme en el trabajo y vender más cafeteras. Las cifras habían sido tan altas que todo apuntaba a que, a la vuelta de vacaciones, el director me haría pasar a su despacho, me comunicaría un ascenso y, a continuación, pronunciaría correctamente mi apellido por primera vez.

Quería pasar página, pero el odio se fue acumulando. Planeaba una venganza y esta se haría efectiva durante el viaje a Suiza, país plácido y civilizado que recorrimos en tren durante diez días, partiendo de Zúrich y pasando por Basilea, Lucerna y el lago de Constanza, todo esto antes de llegar a la parte francesa, que todavía no habíamos degustado literariamente. A Estrella le encantó Lausana; a mí me pareció más interesante Ginebra, sobre todo por los edificios de Naciones Unidas y un paseo guiado por el lago Léman, que me pareció un buen sitio para deshacerme *definitivamente* de ella, acción que descarté por considerarla excesiva, si se tenía en cuenta que lo único que sabía con seguridad era que mi mujer me engañaba con otro. Necesitaba pensar en otro tipo de escarmiento. Mientras me revolvía en la cama del hotel, después de darle muchas vueltas, creí haber encontrado la opción ideal. Entonces me dormí profundamente.

Al día siguiente, durante una cena agradable en un silencioso restaurante de Ginebra, me decidí a verbalizar la propuesta insólita que me rondaba por la cabeza.

—¿Y si vamos a ver a Peter Stamm? —pregunté.

—¿Stamm? ¿El escritor?

Estrella levantó los cubiertos del plato y los dejó unos segundos a medio camino del rape con verduras que había pedido y la copa de vino blanco, todavía medio llena.

—Sí, el único Peter Stamm que conocemos. Recuerdo que durante la presentación de la novela en Barcelona dijo el nombre del pueblo en el que vivía.

Después de una pausa malévola solté el topónimo y, a continuación, saqué un horario de las líneas de tren suizas. Le demostré a Estrella que, a pesar de que nos encontrábamos bastante lejos del lugar donde vivía el escritor, gracias al óptimo funcionamiento de la red ferroviaria, nos podíamos plantar ahí en pocas horas y sin muchas complicaciones.

—Podríamos saludarlo y, de paso, que nos firme alguno de sus libros.

—Me parece una idea genial, Octavi —sentenció, a punto de mostrar el afecto que todavía sentía por mí haciéndome una caricia forzada en la muñeca.

—*Pura delicuescencia* —murmuré, entre dientes.

—¿Cómo dices?

—Nada. Pensaba en voz alta, perdona.

De lo contenta que estaba, Estrella me permitió dar un paseo por Ginebra solo y fue entonces cuando pude localizar la tienda que *necesitaba*. Evidentemente, estaba cerrada. Apunté la dirección en el teléfono móvil y a la mañana siguiente fui allí a primera hora con la excusa de ir a buscar una pomada hemorroidal. Estrella me dejó salir a regañadientes, asqueada de saber que por primera vez durante un viaje su marido tenía hemorroides, problema que ella detestaba casi tanto como yo sus pérdidas de orina y el olor que dejaba en la cama, en el baño y especialmente en la butaca donde se sentaba a leer. Volví a la habitación con los útiles escondidos en el interior del abrigo, pero no me hizo falta mucha comedia: Estrella se estaba duchando.

—¿Puedo entrar? —pregunté.

—Haz lo que quieras —respondió.

Solo por molestarla, abrí la puerta de par en par, dejando que todo el vapor se escapase del baño, y me lavé las manos dos veces, mirando de reojo el cristal translúcido de la ducha, a través del cual pude comprobar que Estrella, totalmente desnuda y frotándose el cuerpo de esa manera salvaje suya, tenía algo de máquina descomunal, casi de excavadora.

—Dios mío, Octavi, ¿por qué no cierras la puerta? —gritó al cabo de unos segundos.

Le pedí perdón con un toque de ironía: tenía que seguir siendo el marido atento y sumiso, al menos hasta el día que pudiese descubrir mi venganza.

Antes de coger el tren para ir al pueblo donde vivía Peter Stamm, todavía pasamos un día más en Ginebra. Nuestra intención era coger el teleférico de Salève o dar un paseo relajante por el barrio de Saint-Gervais. Mientras desayunábamos un café con leche y dos trozos de tarta de manzana, decidimos que nos quedaríamos en la ciudad. Visitamos el Museo de Arte Moderno y Contemporáneo con los ojos más atentos a las explicaciones de las cartelas que a las obras: ni Estrella ni yo hemos tenido nunca la voluntad de apreciar demasiado la pintura y la escultura de la segunda mitad del siglo XX.

—Este cuadro es demasiado difícil —decía ella.

—Es una tomadura de pelo —añadía yo.

Aunque nos expresáramos de forma distinta, ambos compartíamos el mismo punto de vista: los últimos artistas que entendíamos eran los que se habían dedicado al pop art; lo que vino después —abstracciones incómodas, bloques de hormigón y simples desechos— no nos gustaba y expresarlo en voz alta era una práctica que nos sosegaba. *Una auténtica catarsis*, habría dicho Estrella, poniendo cara de sabelotodo.

Después de comer una *fondue* quizá demasiado abundante, pasamos la tarde en el Museo de Arte e Historia de Ginebra. Fueron unas horas narcóticas, durante las cuales nos entretuvimos garabateando datos y curiosidades en nuestros blocs de notas. De no haber pasado tanto rato allí, todavía nos habría dado tiempo de ir al Museo Etnográfico, pero consultamos la guía demasiado tarde y la información que leí algo contrariado en voz alta fue procesada por Estrella con un carraspeo desengañado.

—Vámonos de compras —ordenó.

Pero las tiendas también cerraban pronto. Menos mal que apareció de la nada un centro comercial: durante un par de horas pudimos explorar sus secciones. En nuestros cuadernos, en vez de hacer miscelánea histórica, apuntábamos precios y nombres de productos autóctonos que pensábamos buscar por Barcelona. Estrella escribía nombres de cremas faciales y de eliminación de lípidos; la mayoría de mis anotaciones fueron gastronómicas.

La víspera de la visita no cenamos. Nos encerramos en la habitación del hotel con la intención de recobrar fuerzas para el viaje. Tumbados en la cama, los dos optamos por leer a Peter Stamm. Estrella se rindió un poco antes que yo. Apagó la luz de la mesilla de noche y unos minutos después empezó a roncar. Yo todavía leí un rato más: de entre todas las páginas que repasé, solo me acuerdo de un cuento en que un grupo de adolescentes se iba a bañar a un lago de Turgovia, un chico y una chica mantenían una relación sexual inesperada y, tras ser descubiertos por uno de sus amigos, este cometía la imprudencia de saltar desde un mirador y se mataba. Su cadáver aparecía flotando en el agua poco profunda del lago.

Al día siguiente, ya en el tren que nos había de llevar hasta Peter Stamm, saqué la adaptación manga de *Heidi* y la leí de cabo a rabo, cuatro veces, antes de que Estrella me abroncara.

—¿Se puede saber qué estás haciendo? —me echó en cara.

—Leo *Heidi*.

—¿Y no te da vergüenza?

—¿Debería? Las montañas donde Heidi vivía con el abuelo, las cabritas y Pedro, aquel pastor simpático y espabilado de quien estaba enamorada, son las mismas que ahora vemos al otro lado de la ventanilla.

Estrella no añadió ningún comentario, aunque seguramente se moría de ganas de cargarse sin clemencia mi
lectura. Ella había empezado *Montauk*, de Max Frisch,
una opción más adulta que la entretuvo casi todo el
trayecto. Los trenes suizos son espacios donde prácticamente nada perturba la lectura. Los pasajeros no hablan
por el móvil y, si alguno se atreve, mantiene una conversación breve y con la mano delante de la boca conte-
niendo las ondas sonoras. Todos los que deciden escuchar música lo hacen a un volumen respetable que pocas
veces molesta al resto. La minoría que viaja acompañada solo habla cuando es estrictamente necesario, es
decir, casi nunca: emite un comentario, recibe la respuesta, medita una réplica que suele ser breve y, después
de soltarla, desvía la vista hacia el paisaje o hacia su libro. Como en todas partes, los suizos leen mayoritaria-
mente novela histórica y *thrillers* de autores estadouni-
denses. Los manuales de autoayuda también tienen un
éxito estremecedor. De vez en cuando puede detectarse
a alguien que subraya libros técnicos o de informática:
esa fue la única sorpresa que nos llevamos.

De camino al pueblo de Peter Stamm, mientras Estrella leía a Frisch, fui hasta el vagón-restaurante y pedí un
refresco. La camarera me lo sirvió sin ni siquiera mirarme. Como no había nadie cerca, me atreví a preguntarle, con mi inglés rudimentario, si alguna vez había
servido una consumición a un escritor suizo. Ella encajó
mi pregunta con profesionalidad y dijo que nunca había
visto a un autor suizo, pero que una vez había atendido
a uno austriaco, Peter Handke. El uso del gentilicio,
sumado al título del libro que mencionó —y que yo
desconocía—, me obligó a solicitarle más detalles sobre

Handke. ¿Cómo había llegado a él? ¿Qué había leído? ¿Qué hizo cuando lo reconoció? ¿Tomó una copa o un refresco?

Las preguntas se acumulaban en mi interior, pero mi poca competencia lingüística frustró la charla. La camarera, sin embargo, se explicaba con precisión. Intentó traducir al inglés los títulos de las novelas en alemán de Handke, a quien había descubierto gracias a un *amigo* treinta años mayor que ella, alguien que debía rondar mi edad. En lugar de instalarse en la barra como yo, Handke le hizo un gesto desde una mesa para que se aproximase y le pidió una tónica. Ni un solo momento apartó los ojos de su lectura, que la camarera no pudo identificar.

—*I'm sorry* —dijo al final de su narración, poco antes de preguntarme si yo también había publicado libros.

No me atreví a ser demasiado explícito respecto a mi trabajo. Me limité a señalar la cafetera que ella tenía detrás y dije:

—*I work with coffee.*

La chica entendió que le pedía un café, que empezó a prepararme sin que yo me atreviera a contradecirla. Mientras compaginaba refresco y café, ella siguió contándome algunas de las lecturas que más la habían impresionado. Me pareció entender que mencionaba a Franz Kafka. También especificó que desde hacía unos meses leía más filosofía que ficción, quizá por culpa de su actual pareja y futuro marido. Todo eso me lo dijo mientras jugaba con su anillo de compromiso.

Supe interpretar el gesto: me acabé las dos consumiciones en silencio (primero el café, luego el refresco). Después de pagar, volví al vagón donde Estrella estaba todavía concentrada en *Montauk*. No haberle preguntado a la camarera si alguna vez había leído una novela de Peter Stamm fue un error que me torturó el resto del trayecto, que acabó con puntualidad tres horas y veinte minutos después de haber salido de Ginebra.

Un autobús muy cómodo nos llevó hasta el pueblo que buscábamos. A primera hora de la tarde, tras instalarnos en un hotel que no nos costó nada encontrar, empezamos a planificar la búsqueda del domicilio del escritor. En vez de optar por una vía institucional que tarde o temprano podía volverse sospechosa, le recordé a Estrella unas palabras que el escritor había dicho durante la última visita a Barcelona:

—Stamm va a buscar a sus hijas al colegio todas las tardes. Para encontrarlo, será tan fácil como averiguar cuántos hay e ir a la hora en que los críos acaban las clases. Cuando los localicemos, solo tendremos que seguirlos discretamente hasta su casa.

Estrella hizo un gesto afirmativo con la cabeza, como si ya le hubiera explicado la estrategia con anterioridad. Buscamos las direcciones —no había muchos— y echamos un vistazo a todos los centros educativos del pueblo, aunque a esa hora los alumnos ya hubieran salido de clase. Al día siguiente, después de pasar la mañana y el mediodía nerviosos en un museo de curiosidades locales, nos separamos con el objetivo de doblar las posibilidades de encontrar a Stamm. No me extrañó en absoluto que, solo un par de horas después, Estrella me enviara un mensaje con la dirección donde vivía el escritor: siempre ha tenido más perspicacia y más suerte que yo.

Le contesté rápidamente que me esperara. «Ahora voy», escribí. Tuve que preguntarle a un par de vecinos de tez rubicunda la mejor ruta para llegar a la calle indicada.

Estrella me aguardaba dando saltitos de euforia.

—¡Vive en el segundo! —me chilló. Lo había averiguado porque, hacía unos diez minutos, el escritor había salido a fumar a la terraza, desafiando el frío—. Su mujer le habrá prohibido que fume en el piso para que no apeste.

—Una prohibición coherente. Y femenina.

—Sabes que ese tipo de comentarios no te hacen ningún bien, cariño.

Era consciente de que, por encima de todo, el autocontrol me resultaba indispensable, al menos hasta que visitáramos a Stamm. Así que me tragué el orgullo y me concentré en disuadir a Estrella de ir a ver al escritor esa misma tarde. No me costó que entendiera que si íbamos a la mañana siguiente las niñas estarían en el colegio y tendríamos más tranquilidad.

—Seguro que su mujer tampoco estará —añadí—. Stamm dijo que escribía por la mañana. Debe de ser el único momento del día en que está solo en casa.

—Entonces le molestaremos —contestó Estrella—. Quizá esté acabando una nueva novela.

—Es posible. —Hice una pausa larga, que aproveché para pasarme la mano por la calva, reseca y helada—. Hay que arriesgarse, Estrella.

—Hay que arriesgarse.

—Entonces, ¿mañana o tarde?

Acabó ganando mi propuesta. Al día siguiente, después de desayunar poco y mal, salimos del hotel a primera hora, y en un periquete nos plantamos en el edificio donde vivía Stamm. El único obstáculo que debíamos superar era la puerta de entrada. Esperamos a que viniera el cartero, con quien nos habíamos cruzado dos calles antes de alcanzar nuestro objetivo. Cuando se hubo marchado, dejamos pasar un par de minutos y llamamos al mismo piso que él. Tal como imaginábamos, el vecino nos abrió la puerta sin preguntar quién éramos: nos confundía con el cartero.

El ascenso al segundo piso fue bastante solemne. Estrella me miró un par de veces y en sus ojos vi, sobre todo, una dosis de apoyo casi incondicional. Quizá no sabía que la visita a Stamm haría estallar la crisis de nuestro matrimonio, pero estoy convencido de que intuía que no sería una anécdota intrascendente. Antes de llamar, dejé en el suelo la mochila, cargada de todo cuanto necesitaba.

—Qué nervios —dijo Estrella.

—Tú lo has dicho.

Stamm tardó en abrir. Sus ojos desconfiados aparecieron tras una rendija mínima. Dijo algo en alemán que no alcancé a oír, porque en ese momento empujé la puerta abriéndola de par en par y le propiné un puñetazo tan fuerte al escritor que se desplomó grácilmente, casi a cámara lenta. Estrella presenciaba los hechos con la boca abierta.

—Empieza la fiesta —dije.

Después de coger la mochila, la arrastré sin miramientos hacia el interior del piso de la familia Stamm y cerré la puerta. Entonces de un derechazo la dejé inconsciente, tumbada al lado de su último escritor favorito.

—Empieza la fiesta —me permití repetir.

El piso de Stamm era agradable, decorado con espíritu minimalista y a la vez lujoso. La biblioteca del escritor no abrumaba tanto como la cocina o el comedor, donde los muebles estaban colocados con mucho gusto. Fue allí donde dispuse los dos cuerpos, inconscientes todavía. Con gran esfuerzo conseguí sentarlos e inmovilizarlos con los metros de cinta americana que había comprado en Ginebra. Antes de despertarlos acercándoles un algodón con alcohol a la nariz, me entretuve un poco observando las multifunciones de la navaja suiza, instrumento pequeño y práctico que tenía la intención de estrenar en aquellas circunstancias *tan especiales*.

—Buenos días, Estrella —le dije cuando recuperó la conciencia.

Mi mujer se descubrió atada a la silla. Tenía la boca tapada con cinta americana y estaba sentada delante de un Peter Stamm todavía inconsciente, también inmovilizado y con la nariz hinchada, que le sangraba un poco.

—Si colaboras, todo será bastante rápido.

Después de escuchar mi consejo, Estrella rompió a llorar.

—Tus lágrimas no cambiarán nada. Hace días que la decisión está tomada. Lo que tiene que pasar es, por decirlo con una de tus palabras, *inexorable*.

Esperé a que se calmase un poco para explicarle la mecánica del juego.

—Al fin y al cabo —concluí—, si he escogido a Stamm es porque se trata de uno de los escritores que más admiras. El mejor regalo que se le puede hacer a un novelista es una historia, ¿verdad?

Estrella pensaba que *solo* había enloquecido y asentía con la cabeza después de cada una de mis frases.

—Ahora lo único que te pido, Estrella, es que traduzcas con precisión mis palabras. Nada más —le recordé antes de reanimar al escritor.

El hombre abrió los ojos azules poco a poco, todavía medio aturdido, y el pinchazo de dolor que probablemente sintió cuando intentó fruncir la nariz le hizo bajar al infierno doméstico. Nuestras miradas se encontraron. Seguidamente, Stamm clavó los ojos en Estrella, a quien acababa de destaparle la boca.

—*Good morning, mister Stamm* —le dije, acompañando las palabras de una pequeña reverencia. A continuación, cambié de lengua—: Hoy le explicaré un cuento que recordará durante mucho tiempo. Quizá en un futuro próximo acabará formando parte de su obra. Si es así, será un placer *leernos*.

Le hice una señal a Estrella para que empezase:

—*Today, I'm gonna tell you a story that you're going to remember for quite a while...*

Stamm escuchó aquel primer mensaje con perplejidad. Como en Barcelona, no pude evitar fijarme en las bolsas oscuras y cansadas que colgaban bajo sus ojos. Con la intención de solidarizarme con el duro trabajo del narrador, le expliqué cuatro cosas de mi oficio. De la incertidumbre —y a la vez el reto— de ir puerta a puerta, intentando convencer propietarios de bares de la Cataluña interior de la gran calidad de las cafeteras de la empresa que representaba. Le hablé también del director de la sucursal barcelonesa, que pocos días antes de salir de viaje me había llamado a su despacho para felicitarme.

—Ni siquiera en esa ocasión fue capaz de pronunciar mi nombre correctamente —me quejé.

Estrella traducía mis palabras a una velocidad razonable. En esos primeros minutos seguramente pensó que aquella *locura* mía era consecuencia de creer que, como

mínimo a nivel laboral, no era nada más que un fraca-
sado, pensamiento que escondía una parte de verdad
pero que, al fin y al cabo, no era la causa que me había
llevado hasta allí.

—Al día siguiente de la conversación con el director
de la sucursal, me fui a comprar una adaptación manga de *Heidi* y *Jakob von Gunten*, de Robert Walser.

Cuando Estrella hubo pronunciado, con un acento
más esforzado que el mío, el título de la novela y el
apellido del escritor suizo, Peter Stamm asintió con la
cabeza: reconocía mi mención y quizá, con fortuna, incluso hasta la aprobara.

—Para mí, *Jakob von Gunten* es un libro sobre la hu-
millación —dije antes de reanudar el relato.

Le expliqué a Stamm que los meses previos a salir de
viaje, Estrella y yo solíamos leer literatura del país que
visitaríamos. Mi esfuerzo por recuperar el calendario de
lecturas fue meritorio: quería dejarlo a él para el final y
lo logré después de citar unas cuantas novelas de Hermann Hesse, el *Homo Faber* de Max Frisch —me olvidé
de *Montauk*— y el enigmático nombre de Agota Kristof.

—Nuestro primer contacto con la literatura suiza fue
a partir de los libros que usted ha escrito. Mi mujer leyó
la última novela que ha publicado; yo, el primer libro de
relatos, aquel que empieza recordando una noche
de amor adolescente que acaba con un salto mortal.

Después de escuchar la traducción de Estrella, Stamm
volvió a ladear la cabeza afirmativamente.

—La misma noche que leí *Jakob von Gunten* mi mujer llegó tarde a casa. Me dijo que acababa de salir de
una reunión. —Después de una pausa para coger aire,

añadí—: Estrella trabaja en un bufete de abogados. Tiene un buen trabajo y le pagan bien.

Dejé que ella misma describiese sus obligaciones laborales en inglés, lengua que a menudo le resultaba indispensable para llevarlas a cabo. Nos acercábamos a un giro narrativo. Todavía lo retrasé un poco recordando la excursión de Wertheimer, aquel pianista frustrado que, según Thomas Bernhard, viajaba para suicidarse en la propiedad de su hermana en Zizers.

—¿Ha estado alguna vez en Zizers? —le pregunté a Stamm, que después de unos segundos de meditar qué le convenía más, sacudió la cabeza de lado a lado—. El suicidio de Wertheimer me pareció terrible. En cambio, mi mujer admitió que aquella historia le resultaba fascinante. Cuestión de gustos. ¿Le gusta Bernhard, señor Stamm?

El escritor asintió con la cabeza esa vez.

—Yo no creo que llegue a leerlo nunca. No tiene nada que ver con sus cualidades literarias, que desconozco completamente, sino con lo que pasó al día siguiente.

A partir de ese momento me dediqué a narrar con tanta meticulosidad como fui capaz el encuentro frustrado de Estrella con su amante. La recepción del mensaje por error. La llegada al hotel con antelación. El armario, el escondite desde el que había visto a *mi* mujer con una combinación de lencería que *nunca antes había utilizado conmigo*. El pezón amarronado que se escapaba de una de las copas del sujetador. La llamada al amante para echarle la bronca. Estrella, marchándose a casa de mal humor. Y el intenso olor de las puertas del armario.

Si hasta entonces la traducción de mis palabras al inglés había sido fluida, desde que mencioné el mensaje de móvil, a Estrella había empezado a trabársele la lengua, al tiempo que enfocaba la vista al suelo, avergonzada. Cuando comencé a detallar la combinación de lencería, incluso dejó escapar una lágrima.

Stamm nos miraba con cara de pocos amigos. Las bolsas bajo sus ojos habían adquirido una coloración dramática, enfermiza. La sangre, que todavía le brotaba con timidez de la nariz, le bajaba barbilla abajo hasta la camisa. El escritor había tenido suerte: ni una sola gota había salpicado sus pantalones de pana marrones, que eran de una buena marca.

—Una historia de cuernos no parece gran cosa hoy en día, ¿verdad? Usted trata el tema en su última novela. El protagonista, un arquitecto de Múnich, se lía con una joven polaca, fea y mediocre. —Después de dedicarle una mirada de reprobación a mi mujer, le ordené que continuara—: Traduce, Estrella.

Ella me hizo caso.

—Hasta este preciso instante mi mujer no sabía que yo estaba al tanto de su otra relación. Esa noche me comporté como siempre: cenamos juntos mirando la tele y después nos separamos para leer. A diferencia de otras veces, cuando ella apagó la luz no supliqué el más mínimo contacto sexual. Traduce, Estrella.

Ella volvió a obedecerme.

—Hace meses que no mantenemos una relación completa. La última vez me hizo una paja demasiado expeditiva después de cenar: esa era la recompensa por haber tenido aquella reunión con el director de la sucursal de la empresa donde trabajo, el hijo puta que todavía no ha pronunciado bien mi apellido ni una sola vez. Traduce, Estrella.

Antes de que pudiera empezar a hablar, un ataque de tos de Peter Stamm me obligó a retirarle la cinta americana de la boca. Aproveché para limpiar la sangre reseca acumulada bajo la nariz del escritor. Volví a sellarle la boca con cinta americana.

—Traduce, Estrella.

Ella me hizo caso otra vez. Era el momento de explicar el castigo ejemplar que había estado urdiendo desde la noche que había descubierto que Estrella me engañaba.

—Hemos venido hasta aquí porque quiero recuperar el anillo de boda —dije—. Me parece legítimo. ¿No lo ve así, señor Stamm?

Después de escuchar la traducción, el escritor inclinó la cabeza afirmativamente.

—Quiero recuperar el anillo, pero con el dedo —hice saber a los dos oyentes.

Entonces saqué la navaja suiza y, después de seleccionar el accesorio adecuado, la apunté hacia Estrella, que traducía la última frase, con voz temblorosa y llorando.

—Y ahora, con todo lo que le he explicado, le pido, señor Stamm, que me diga cómo acabaría el cuento.

Le saqué la mordaza, ceremonioso, y esperé que llegara la respuesta. Stamm se aclaró la voz y pronunció un par de frases expresadas sin ningún tipo de sentimiento —o eso me pareció a mí—, de las cuales solo fui capaz de descifrar dos palabras: *ring* y *knife*. Anillo y cuchillo.

—Dice que él, en tu lugar, Octavi, se quedaría con el anillo sin el dedo y que intentaría olvidar esta historia macabra —me hizo saber Estrella.

—¿Y la segunda frase?

Los ojos de Estrella brillaban como una baratija.

—Dice que si me tienes que acabar amputando el dedo, utilices un cuchillo de cortar carne, en vez de esa maldita navaja suiza.

Nos tenemos el uno al otro

«He bade me out into the gloom,
and my breast lies upon his breast»
William Butler Yeats, *The Heart of the Woman*

Carhartt y Fornarina no estaban bien. A él acababan de echarlo de la tienda de electrodomésticos en la que había empezado a trabajar pocos meses después de licenciarse en filología germánica. Ella, secretaria en una empresa que no pasaba por su mejor momento, tenía que faltar al trabajo constantemente para hacerle compañía a su padre en la clínica: le habían diagnosticado un cáncer de próstata en fase terminal.

Desde que había tenido que dejar la tienda, Carhartt bebía más de la cuenta. Fornarina abusaba de antidepresivos para intentar neutralizar el doble pesimismo que la perseguía día y noche: sufría por la cuenta atrás de su padre, pero también la inquietaba la autodestrucción líquida de su pareja. Tenía suerte de continuar manteniendo su puesto de trabajo, se repetía a menudo mientras preparaba una ensalada con mucha zanahoria o mientras veía una de esas películas de sobremesa de domingo en las que los sentimientos surcan mares revueltos con una lancha averiada.

Fornarina tomó una decisión importante después de despedirse de su último familiar en el cementerio. No tenía hermanos y había perdido a su madre poco antes de cumplir dieciocho. Con la muerte de su padre se quedaba prácticamente sola. Necesitaba recuperar a su pareja a toda costa. Sentir que Carhartt todavía era suyo de algún modo. El intento de reforzar el vínculo entre ambos la llevó a descubrir una información nada alentadora: su pareja se entendía con la vecina del sobreático, llegada de Chequia solo hacía unos meses. Lo descubrió poco antes de leer un artículo en un diario gratuito que explicaba que un antiguo peluquero —Ludovico Arelli— había ampliado su negocio de la noche a la mañana tras haber conseguido encontrar la manera de arreglar vidas difíciles. Gracias a su *método*, angustias, malestares, ansiedades, insomnios y muchos otros desórdenes, detallados en una enumeración que superaba cualquier canon estético, pasaban a la historia. El cliente solo tenía que someterse a una minúscula intervención que se practicaba en el propio establecimiento y duraba tanto «como un simple golpe en la cabeza». La periodista aseguraba que cuando las obligaciones laborales se lo permitieran iría corriendo a la peluquería de Arelli y se dejaría arreglar los diversos trastornos que le habían hecho perder las ganas de levantarse de la cama cada mañana. El final del artículo era algo confuso, pero Fornarina no llegó a leerlo nunca: ofuscada por la facilidad de la solución y, sobre todo, por lo económico del precio prometido, un sábado a primera hora de la mañana emborrachó a Carhartt y se lo llevó a la tienda-clínica de Arelli.

En la entrada, una mujer les preguntó:

—¿Han venido a cortarse el pelo o a probar el *método*?

Fornarina respondió mientras Carhartt parpadeaba compulsivamente, desorientado. Ella misma rellenó un formulario en el que tenía que ir marcando crucecitas en cada una de las insatisfacciones que la habían llevado hasta allí. Tuvo que ocuparse de su hoja y de la de Carhartt.

Los hicieron pasar a una salita pintada de un tono rosa chillón. Al cabo de un cuarto de hora, apareció una chica, que les pidió que la acompañaran hasta el despacho del señor Arelli. Era un hombre diminuto y de pelo peinado hacia atrás. Guardaba cierto parecido con los cantantes de canción melódica italiana. Su lenguaje, sin embargo, era tan preciso que con una docena de frases bien encadenadas consiguió que Fornarina pagara el dinero de la intervención por adelantado. Carhartt tampoco se hizo de rogar demasiado: se tumbó dócilmente en una camilla no muy moderna que una asistenta de Arelli cubrió con una sábana amarillenta.

La chica que los había conducido hasta el despacho le pidió a Fornarina que saliera cinco minutos de aquella sala. Cuando volvió a entrar, Carhartt abría los ojos lentamente, como despertando de un sueño profundísimo. Arelli le dijo que todavía no se levantara y le tocó la cabeza vendada para recordarle que le acababan de practicar una pequeña intervención. De repente apareció otra chica. Empujaba una silla de ruedas para llevarse a Carhartt a otra sala.

—No se preocupe, señora —le dijo la chica a Fornarina—. En una hora estarán saliendo de aquí los dos y sin estas horribles vendas. Les doy mi palabra.

Fue exactamente así. Una hora después, la pareja se iba a casa con la cabeza descubierta. Fornarina intentó reconstruir qué había pasado desde que se había tumbado en la camilla. Le habían tapado el cuerpo con otra sábana amarillenta, recordó: la primera había sido retirada, salpicada ligeramente de sangre. Veía el pelo peinado hacia atrás de Arelli. Le decía algo y le enseñaba un objeto que sujetaba con una mano. Fornarina no conseguía enfocarlo. ¿Qué sería? ¿Una especie de martillo quizá? ¿Por qué no podía ver precisamente lo que más la intrigaba? Fornarina empezó a sudar y preguntó a Carhartt con voz monótona:

—¿Recuerdas qué nos han hecho allí dentro?

Carhartt, que caminaba con la vista fija en el suelo, respondió sin vocalizar en absoluto, igual que cuando ella le preguntaba algo y él veía un concurso por la tele:

—Ni idea.

Y a continuación hipó, síntoma de que empezaba a digerir el alcohol que había ingerido antes de la visita al peluquero.

El primer autobús lleno de anuncios que les pasó por delante los distrajo de su inquietud. Eran incapaces de explicar el método que el peluquero había aplicado a sus cuerpos y a duras penas podían acordarse de sus nombres.

Continuaron caminando en silencio a casa.

Un martes por la noche Fornarina preparó bocadillos de hamburguesa, beicon y queso —la comida preferida de Carhartt— y, mientras el Barça jugaba un partido intrascendente de Champions League, le preguntó si se sentía más feliz.

—Sin duda —contestó él, con voz monótona.

—Yo también —añadió ella—. Cuando nos vamos a la cama ya no me torturan los problemas. Cierro los ojos y me olvido de todo enseguida.

—Los problemas ya no importan.

—No importan porque han desaparecido.

Entonces el Barça marcó un gol y la pareja se abrazó. No con entusiasmo, pero sí con sentimiento, porque una gruesa lágrima resbaló por la mejilla de Fornarina antes de que esta dijera:

—Es como si mis padres ya no estuvieran muertos.

—Es como si yo no hubiera perdido el trabajo.

—Es como si no tuvieras ninguna amante.

—Me gusta.

—A mí también me gusta.

La pareja volvió a abrazarse antes de seguir comiendo los bocadillos de hamburguesa, beicon y queso. Más tarde, a la hora de acostarse, Carhartt sintió la necesidad casi fisiológica de tener relaciones sexuales con Fornarina. Ella accedió a la petición con tan pocas ganas que no frenó a Carhartt cuando quiso poseerla sin preservativo. El acto no fue ni largo ni intenso. Tres minutos de jadeos casi fingidos. Después, tocó hacer las visitas respectivas al baño para borrar la presencia y el olor de los fluidos.

Fornarina no se quedó embarazada, pero justo cuando hacía un mes que se habían sometido a la intervención de Arelli la despidieron de la oficina. Llegó a casa llorando y el desasosiego fue todavía mayor cuando vio que Carhartt no estaba. No le había dejado ninguna nota.

Desesperada, subió al sobreático y llamó al piso de la vecina checa. Si nadie respondía, se dijo, significaría que Carhartt había vuelto al adulterio y que en ese momento estaba cometiéndolo.

La checa, sin embargo, abrió la puerta. La inocencia de sus ojos azul claro y la melena rubia hicieron que Fornarina diese media vuelta y bajase las escaleras lentamente y ensimismada, como si hubiera visto a un fantasma. Envuelta con una manta en el sofá, esperó a que su pareja volviese de donde fuera que hubiera ido. Carhartt llegó a las ocho y media.

—¿No te acordabas de que tenía cita con el dentista? —le dijo.

Ella no pudo evitar un aullido desconsolado, preludio de la confesión del día: se había quedado sin trabajo.

—Volvemos a tener problemas, amor mío...

—Nos tenemos el uno al otro: eso es lo más importante. Además, mañana tengo una entrevista con el encargado de una tienda de electrodomésticos.

—¿En serio? Qué alegría. —Las palabras de Fornarina fueron expelidas sin ningún tipo de énfasis. Más que una exclamación, parecían parte de una plegaria litúrgica.

Carhartt se encerró en la cocina para preparar la cena. La tuvo lista en menos de media hora. Comieron *nuggets* de pollo con salsa barbacoa sentados a la mesita de delante del televisor. Daban una serie que Fornarina no se perdía nunca y Carhartt esperó a que el capítulo del día acabara para abrazarla y repetirle que al día siguiente tenía la entrevista.

—Seguro que pronto tendrás suerte tú también —le dijo mientras le apartaba el pelo de la frente. Lo tenía un poco grasiento—. Lo más importante es que nos tenemos el uno al otro.

El día siguiente, Carhartt no se reunió con el encargado de ninguna tienda de electrodomésticos. Quedó con dos compañeros del trabajo anterior, Roc y Dac, que iban juntos a todas partes. Encajaban como piezas de un mismo engranaje. Los tres se emborracharon y recordaron los viejos tiempos. Carhartt volvió a casa a media tarde, completamente bebido: olía a cerveza negra y a quicos. Fornarina se había quedado dormida delante del televisor, pero cuando intuyó la presencia de su pareja abrió los ojos y le preguntó —con el mismo tono monótono de la víspera— si la entrevista había ido bien.

—Tengo muchas posibilidades de que me den el trabajo —respondió Carhartt, reprimiendo un eructo—. Estoy convencido.

—Son buenas noticias.

—Tarde o temprano, nuestra suerte tenía que cambiar.

—Te quiero, Car.

—Y yo a ti, Forni.

Carhartt se encerró en el baño y vomitó la cerveza negra y los quicos que había tomado con Roc y Dac. Después se duchó, porque seguía encontrándose mal y, cuando salía de la bañera resbaló y cayó contra el bidé. Se hizo una brecha en la cabeza. Tuvo tiempo de llamar a Fornarina para que lo llevase a urgencias, mientras una nube roja se apoderaba de su campo de visión. Entonces perdió el conocimiento y no lo recuperó hasta que, horas después, una enfermera celebraba que se hubiera despertado.

—Ha tenido mucha suerte, se lo puedo asegurar. Podría haber sucedido una desgracia.

Fornarina, que estaba sentada en una butaca negra y movía las manos compulsivamente, gritó de alegría, se levantó y rodeó la cabeza de su pareja con los brazos. Recordaba a un niño abrazando su primer balón.

Carhartt dejó pasar dos semanas antes de comunicar a Fornarina, un viernes a última hora de la tarde, que el trabajo al que aspiraba se lo habían dado a otro.

—Han tardado mucho en contestar —dijo ella.

Carhartt no añadió nada a su comentario (quizá porque pensaba que volvían a tener problemas y esa era una palabra prohibida, siempre y cuando no fuera desmentida a continuación). Fornarina decidió cambiar de tema:

—¿Qué te apetece cenar?

El hombre se levantó del sofá donde estaban sentados, fue a buscar la chaqueta, se la puso y dijo:

—Ahora vengo. Voy a dar una vuelta.

Subió al sobreático y llamó al piso de Milena. Ella le abrió la puerta enseguida y le advirtió de la visita de hacía unas semanas de su *mujer*.

—*I think she knows it* —dijo, abriendo sus ojos azules hasta extremos dolorosos.

Me parece que sabe algo de lo nuestro.

—*I don't care* —respondió él.

Me da igual. Se sentía como si realmente le hubieran comunicado que no era el elegido para trabajar en la tienda de electrodomésticos.

Milena le preparó un té mientras él intentaba explicarle en inglés que se sentía triste por aquel fracaso imaginario, pero no lo logró y su poca destreza lingüística lo deprimió todavía más. Su relación con Milena se había limitado al sexo y a las conversaciones poscoitales, momentos en que todo siempre era sencillo y cálido y blando. Aquella visita suponía un reto que no podría superar. Por eso decidió quitarse los pantalones y los calzoncillos en el mismo comedor donde estaban, con la voluntad de cambiar las construcciones gramaticales por gemidos excesivos, de monstruo abominable.

—*I not want to do it* —dijo Milena, que tampoco tenía ni un acento ni un inglés demasiado buenos—: *I am not your prostitute.*

Profundamente avergonzado de su conducta, Carhartt se vistió y se marchó del piso de Milena tan rápido como pudo. No hizo caso de los ruegos de la chica para que se quedase. «*It's OK having sex now*», le llegó a decir, y el comentario todavía lo humilló más: corrió hasta el bar de la estación de tren, que estaba a cinco minutos de casa y que era un espacio casi secreto, el lugar escogido para empezar a emborracharse cuando perdió el trabajo *de verdad*.

El camarero, que se llamaba Pere, estaba secando los vasos y las copas con un trapo.

—Hacía días que no te veía por aquí —le dijo, inquieto por averiguar si había descubierto un sitio mejor para beber. No le importaba demasiado si había conseguido pasar todos esos días en casa, dejándose arropar por el espíritu familiar.

Carhartt se sentó en un taburete e hizo el gesto de siempre: quería una ginebra con cola. Entonces habló:

—He estado fuera. Un viaje de negocios.

Pere intuía que Carhartt estaba mintiéndole, pero le siguió la corriente y logró que el cliente le contase las virtudes de la vida en Estocolmo. Había podido conocer la ciudad de forma privilegiada gracias a dos de los congresistas con quienes había tenido más relación, Rolf y Dag, versión nórdica de sus excompañeros de trabajo.

—Son gente verdaderamente civilizada, no como aquí —dijo, antes de acercarse el vaso de tubo a los labios.

Cuando probó la ginebra, empezó a sentir asco. Se levantó del taburete y se fue al baño. La sensación empeoró cuando levantó la tapa, pero no llegó a vomitar. Tampoco se lavó la cara. Regresó a la barra y fue interpelado por Pere.

—Estoy preocupado por ti. Eres uno de mis tres clientes favoritos. —Los otros dos dormían en un rincón del local al lado del *pinball*. El camarero añadió—: Estos países civilizados no son tan buena cosa. Por nada del mundo me iría a Suecia: hace frío y, además, allí uno puede perder la salud.

—Me voy a casa —le dijo Carhartt.

Pagó la copa sin añadir la propina habitual.

Tan pronto como hubo salido del bar, se dio cuenta de que no volvería a visitarlo hasta que pasara mucho tiempo. Eso si volvía alguna vez: quizá era una despedida definitiva.

No eran ni las nueve y media cuando cerró la puerta del piso y echó la llave, pero Fornarina ya dormía. El día siguiente, Carhartt le llevó el desayuno a la cama.

—Ayer te llamó tu hermano —le comunicó ella, sin ni pizca de recriminación: antes de que muriese su padre, se había quejado esporádicamente de la poca atención que Carhartt dedicaba a su familia.

—Vale.

Se encerró en la cocina para llamar a Ricard. La conversación fue breve, pero las noticias que le dio eran suficientemente importantes como para que fueran lo primero que comentase cuando volvió a entrar en la habitación.

—Acaban de tener un hijo.

—¿Y cómo se llama el niño?

—Onofre.

—Vaya nombre. Es un poco raro, ¿no te parece?

—Es lo que se lleva ahora, Forni.

—Pues son buenas noticias: ya somos tíos.

—Somos tíos, sí.

Se arreglaron y fueron a comprar una videoconsola portátil para el pequeño Onofre. En el hospital, se encontraron con Roser y Ricard, que tenían los ojos teñidos de emoción. Hablaron con los padres y tíos de Roser, gente muy atenta a la que nunca habían tenido la oportunidad de conocer a fondo. Cuando salieron del ascensor se encontraron con los padres de Carhartt. Subían a ver a su nieto con una bolsa enorme donde habían metido varios regalos aparatosos. Maria abrazó a su hijo con pasión. Gervasi se limitó a darle unas palmadas en el hombro, como si hubiese sido él y no Ricard el que acabara de tener un crío.

—¡Qué alegría! —gritó Maria mientras abrazaba a su nuera, que encajó el entusiasmo de la suegra sin devolverle ni una pizca de calidez—. Hacía tiempo que no nos veíamos, ¿verdad?

Los retuvieron un buen rato en el pasillo mientras intentaban resumir los tres meses que los separaban de la última reunión familiar: se interesaron por si Carhartt había encontrado trabajo, lamentaron una vez más la muerte del padre de Fornarina —el día del entierro habían estado tan efusivos que parecía que sus muestras de aflicción fuesen teatro—, no pararon hasta que no supieron que el regalo que habían llevado al pequeño Onofre era una videoconsola portátil que estaba de oferta y, al final, averiguaron que habían despedido a Fornarina.

—Estáis pasando por un mal momento. Lo siento —dijo la madre.

—Al contrario, estamos mejor que nunca —respondió Carhartt sin prisa, seguro de lo que decía.

—Los problemas ya no importan —aclaró Fornarina.

—Nos tenemos el uno al otro.

—Carhartt ya no bebe y ha dejado a su amante. A mí ya no me hacen falta los antidepresivos: cuando me acuesto, cierro los ojos y me olvido de todo enseguida.

El último comentario acabó de dejar estupefactos a los padres de Carhartt. ¿Acaso se habían vuelto locos? ¿Habían sido captados por una secta? Callaron estas y otras preguntas, convencidos de que era necesario hablar de la salud mental de su hijo y de Fornarina en un contexto más íntimo. Tras despedirse, mientras se alejaban cogidos de la mano, se miraron con suspicacia: hablarían de ello inmediatamente después de visitar al pequeño Onofre. Esos dos no iban por buen camino. Parecían zombis.

Ya en la calle, antes de cruzar el primer semáforo después de salir del hospital, Fornarina soltó la mano de Carhartt.

—Tengo una buena noticia.

—¿Otra?

—No he dicho ninguna todavía.

—Perdona, debo de haber imaginado que me decías que me querías.

—Te quiero, Car, pero eso no es una noticia. Es un hecho.

El comentario no fue acompañado de ninguna muestra física de afecto. Continuaron andando hasta el metro sin abrir la boca y, nada más entrar en casa, Fornarina se plantó delante de Carhartt.

—Tengo una buena noticia.

—Yo también.

—Primero yo: mañana tengo una entrevista con el encargado de una tienda de electrodomésticos.

—No es posible. ¿Con el encargado de una tienda de electrodomésticos? ¿Desde cuándo sabes hacer mi trabajo?

Fornarina tardó unos segundos en responder:

—Me he equivocado, Car. Quería decir que tengo una entrevista en una oficina. Necesitan una secretaria.

—¿En serio? Qué alegría.

El comentario de Carhartt fue derramado como un vaso de agua fría en un mantel de cuadros rojos y blancos.

—Seguro que pronto tendrás suerte tú también.

—Ya la he tenido.

—Ahora me toca a mí.

—Adelante, Car.

—Mañana tengo una entrevista con el encargado de una tienda de electrodomésticos.

—Te felicito. Qué alegría.

La pareja se miró a los ojos fugazmente. Sin pretender saber si lo que decían era verdad o mentira, se cogieron de las manos y las levantaron lentamente hacia el techo. Daba la impresión de que estaban a punto de ejecutar un baile folclórico. En su lugar, proclamaron a la vez:

—Nos tenemos el uno al otro. Eso es lo más importante.

Las vecinas

Jia llegó a Barcelona hace siete años. Durante todo este tiempo, ha trabajado duro para conseguir el objetivo que lo había motivado a dejar China poco después de cumplir veintiséis años: tener su propio bar. No le ha resultado fácil y tuvieron que darse varias circunstancias. Conoció a su futura pareja, Liang. Se mudó de Sants al Eixample. Aprendió castellano y un poco de catalán con más fortuna que muchos de sus *compatriotas* mientras trabajaba en bazares que desprendían un intenso olor a plástico y hacía horas extras en panaderías donde también servían cafés y vendían garrafas de agua, alineadas en el suelo siguiendo un orden riguroso, como si fuesen lápidas en un cementerio. Finalmente, Jia pudo reunir dinero suficiente para adelantar en un solo pago los seis primeros meses de alquiler del local de la entrada de la Filmoteca, situada en el número 33 de la avenida de Sarrià.

Jia se repite que es un hombre con suerte varias veces al día, mientras atiende a algún cliente, cuando a media mañana espera aburrido a que entre alguien en el bar o mientras prepara un bocadillo frío de jamón york, observándolo con un asco reprimido. Sea cual sea el ritmo de la jornada, a última hora resulta imprescindible echar una ojeada a los lavabos y comprobar que, una vez más, alguien ha hecho sus necesidades con una creatividad y eclecticismo exasperantes. Incluso entonces no olvida que es un hombre con suerte.

Las cosas le van bien. Se siente satisfecho con el negocio y orgulloso de tener a Liang a su lado: pasan buena parte del día detrás de la barra, un espacio que en su relación tiene mayor valor simbólico que el lecho conyugal. El suyo podría ser un ejemplo de superación reseñable, de tenacidad digna de admirar; un modelo que la clase política podría utilizar para barnizar discursos y estadísticas sobre los *recién llegados*. La pareja podría incluso aparecer en un selecto programa televisivo de cocinas del mundo y explicar las filigranas cantonesas que saben preparar y que consumen en el local mientras los clientes se sientan frente a un cortado, una cerveza o una tapa de patatas bravas; es igualmente cierto que algunos aficionados al cine de autor, en cambio, se detienen frente a las cristaleras y los observan comer mientras hacen cola para comprar las entradas y recuerdan, con una pizca de nostalgia, unos cuantos referentes asiáticos que en algún momento de sus vidas cinefágicas los han cautivado: Kim Ki-duk, Tsai Ming-liang, Chen Kaige, Zhang Yimou.

La actitud modélica de Jia y Liang, merecedora de elogios de todo tipo —hasta en el *bienaventurado* costumbrismo literario—, no les sirve de nada cuando llega la señora que, siempre con el pelo grasiento y las uñas sucias, aparece de vez en cuando por su local desde hace un mes y medio. Las visitas son siempre imprevisibles, impregnadas por la misma fantasmagoría malsana que puede irrumpir en medio de un sueño y arruinar una noche plácida. Jamás han podido sorprenderla entrando en el bar: siempre se la encuentran dentro, sentada en una silla y con la cabeza sobre la mesa, como si se tratara de una botella derribada que espera el empuje de una brisa mínima para rodar hasta el suelo y romperse en trescientos veintiún trocitos.

La primera vez, Jia le tocó el hombro, protegido por un abrigo marrón que no parecía demasiado limpio, y cuando abrió los ojos, le preguntó si se encontraba bien.

—Gin tónic —dijo ella.

Eran las ocho de la tarde de un sábado. Jia le llevó el combinado, que la mujer se bebió en dos tragos nerviosos inmediatamente después de que el camarero se la hubiera servido. A continuación, la clienta volvió a dejar caer la cabeza sobre la mesa: parecía que se había dormido. Al cabo de un rato, Liang fue a buscar a Jia al baño. La mujer se había ido sin pagar. Se lo dijo mientras él fregaba un lavabo a conciencia.

Unos días después, volvió a aparecer, con el mismo abrigo marrón —un poco más sucio que el primer día— e idéntica gravidez en la cabeza. Pidió otro gin tónic, que Jia no cargó demasiado. La mujer se quejó con palabras poco atinadas y, después de tomarse el combinado, pidió otro y todavía otro más una vez acabado el segundo. Jia se decidió a servirle la tercera consumición cuando vio que una de las manos rojas e hinchadas de la mujer medio ocultaba, arrugado, un billete de cincuenta euros.

Ese día pagó las copas, pero las vomitó en el lavabo. El camarero se encontró el regalo a media tarde y automáticamente decidió que esa mujer no entraría nunca más en el bar, pero, una semana después, Liang descubrió su cabeza roja abandonada encima de la mesa. Parecía más borracha que nunca. Le moqueaba la nariz salpicada de venas lilas. Tenía la boca abierta y los dientes de un amarillo de moneda de diez céntimos. Una pareja de estudiantes sentada cerca de ella pidió la cuenta enseguida y entró en la filmoteca: había un ciclo de cine contemporáneo portugués, con las últimas películas de Manoel de Oliveira, João César Monteiro y João Canijo. Liang recogió los cafés; cuando regresó detrás de la barra, le dijo a Jia que el olor de la mujer era *insoportable*. Resultaba evidente que tenían que echarla. El camarero se le acercó y, antes de que pudiera decirle nada, ella abrió uno de sus ojos y dijo:

—Gin tónic.

Jia le explicó que no le podía servir el combinado porque el bar estaba a punto de cerrar. El sol todavía iluminaba algunas mesas: eran poco más de las cuatro y media. La mujer se levantó con gran esfuerzo y dijo que se iba.

Regresó al cabo de unos días. A media mañana. En la barra había un hombre de unos setenta años, que llevaba unas gafas de pasta enormes, sucias de huellas dactilares y un bigote que recordaba un tosco pincel. Era un habitual del bar y resolvía los sudokus de todos los diarios que conseguía (Jia y Liang le permitían esa pillería porque dejaba buenas propinas). Fue ese hombre mayor quien se percató de la presencia de la mujer. Lo manifestó con un resoplido que captó la atención de Jia. Entonces la vio, y aunque procuraba camuflar cualquier mala vibración que tuviera en su interior, sobre todo delante de los clientes, él también se permitió resoplar.

—¿La conocen? —dijo el hombre, y Jia dejó escapar un sí que se parecía más a un «No sé de qué me habla».

Liang, que fregaba los platos en la otra punta de la barra, desvió la vista del fregadero unos segundos y, sin dejar lo que estaba haciendo, prestó atención mientras seguía trasteando. El hombre habló poco, pero lo que contó fue suficiente para que Jia se decidiera a acercarse a la mujer y, tras zarandear su abrigo marrón —sucio a más no poder—, le preguntara si se encontraba bien.

—Gin tónic —dijo ella.

Jia le respondió que se les había terminado la ginebra y le ofreció una coca-cola, que ella miró con una mueca de desprecio. Se la bebió de un trago y siguió durmiendo con la cabeza sobre la mesa.

—Vaya curda... —le dijo el hombre a Jia.

Estaba a punto de acabar el sudoku. Ese día tardó más de la cuenta en resolverlo, sentía curiosidad por saber si la mujer sería expulsada del bar o no. El camarero hablaba con Liang en una lengua que le resultaba imposible de descifrar, pero no parecía resuelto a dar el paso. El hombre repasó el diario de arriba abajo y finalmente se rindió: se iba a casa sin saber cómo acababa la historia.

Tuvieron que pasar tres o cuatro semanas antes de que Jia volviera a ver a la desconocida. Fue al anochecer, un día que había salido deprisa y corriendo a comprar leche. Inexplicablemente, estaban a punto de terminar el último cartón y, antes de discutir con Liang quién de los dos era más culpable por no haber hecho un pedido más generoso, se quitó el delantal y lo colgó al lado de la caja registradora mientras se despedía de su pareja. La iluminación navideña anunciaba, con solemnidad, al lado de los parpadeos rojizos de los rótulos de los prostíbulos, que se acercaba la conmemoración del nacimiento de Jesús.

Jia localizó los cartones de leche y se llevó media docena para tener provisiones hasta el día siguiente. Para pagar tuvo que unirse a una larga cola. No tardó en reparar en la presencia de su clienta fantasma: hurgaba en el bolso para sacar el dinero que costaba la botella de ginebra que pretendía comprar. O no lo tenía o no lo encontraba. Había gente que la apremiaba, harta de esperar sin ninguna justificación. Jia dejó en el suelo la caja con la media docena de cartones de leche, dispuesto a tolerar aquel contratiempo con paciencia. Se sorprendió cuando, en un arranque imprevisible, la mujer intentó arrebatarle la botella de las manos a la cajera. No lo consiguió y fue expulsada del súper por un guardia de seguridad que apareció de la nada.

La cola empezó a disminuir con fluidez tan pronto como la cajera se hubo repuesto del susto. El matrimonio de unos cincuenta años que Jia tenía delante murmuraba sobre la *borracha*. La llamaban Rosa, como si en algún momento hubieran tenido relación con ella. Quizá habían sido vecinos y habían compartido reuniones de escalera, en el transcurso de las cuales tuvieron que ponerse de acuerdo para cargar contra la persistente ineficacia del administrador. Quizá habían coincidido en la iglesia algún domingo. Jia arrugó la nariz cuando se descubrió imaginando esta posibilidad. Rápidamente oyó cómo el matrimonio mencionaba al hijo de la mujer, que se llamaba Sergi, y cada vez que pronunciaban su nombre añadían «pobre, pobre» —la repetición señalaba las dimensiones del desastre— y se miraban con cara de lástima mientras decían que había sido tan buen estudiante y que nadie habría podido imaginar un final así, tan prematuro e *inexplicable*. No añadieron mucho más; Jia los miraba lleno de curiosidad: con la excusa de que aquella mujer visitaba su bar de vez en cuando, estuvo a punto de pedirles más detalles pero lo dejó estar. Y se arrepintió, porque cuando volvió a ocupar su sitio detrás de la barra habría podido neutralizar la bronca de Liang —había tardado demasiado en volver a sus obligaciones— apelando a una historia extraña y memorable de la que, de momento, solo podía apuntar dos elementos: el hijo de la mujer rara y la desgracia que había sufrido.

Pocos días antes de Navidad, la Filmoteca estaba a punto de acabar un ciclo de películas de Raj Kapoor. Anunciaba, como cada año, un pase de *¡Qué bello es vivir!*, que Jia había visto en la tele poco después de llegar a Barcelona, cuando se tragaba todas las películas para familiarizarse con las dos nuevas lenguas. Solo recordaba que el personaje principal estaba interpretado por James Stewart. Un mediodía, mientras preparaba bocadillos, le apeteció volver a verla y propuso a Liang que si la noche del pase no había mucho trabajo hicieran una excepción, compraran un par de entradas, cerraran el bar y se adentraran por primera vez en la Fil-

moteca. Ella levantó la vista de la bandeja donde tro-
ceaba patatas, se quedó mirándolo fijamente y le dijo
que ya verían.

Ese mismo día, cuando ya anochecía, la mujer volvió
a hacer acto de presencia. Jia se la encontró sentada en
una silla después de haber estado ordenando cajas en el
almacén. Se esforzaba en mantener erguida la cabeza y,
cuando lo vio, le pidió que se acercara con un gesto.

—Gin tónic —murmuró cuando lo tuvo a unos metros de distancia.

Jia vio que lucía una mancha de sangre en el abrigo,
que como siempre no se había quitado. Le preguntó si
se encontraba bien, señalando sin demasiada convicción
el lugar donde parecía que podría haber una herida. Ella
vomitó una carcajada estridente y repitió la misma palabra de antes.

—Gin tónic.

Mientras regresaba a la barra, la mujer dejó caer la
cabeza sobre la mesa. El ruido fue estrepitoso, un mal
augurio clarísimo. Jia cogió el teléfono móvil y llamó
a la policía. Cuando Liang escuchó que su pareja mencionaba una mancha de sangre, observó a la mujer y
descubrió que cerca de sus gastados zapatos había
aparecido una gota oscura y densa. En el bar solo estaban los tres, pero, antes de que Jia colgara el teléfono, entró un hombre menudo de calva brillante y
mirada curiosa que se sentó en uno de los taburetes de
la barra.

—No se puede hacer nada —le dijo a Liang, que se
había acercado para preguntarle qué quería—. Está perdida, pero no se preocupen: hoy no es el día.

Después de una presentación tan imprevisible, el hombre pidió un café con leche y, pegando un salto del taburete, se acercó a la mujer y le dijo:

—Señora Rosa. ¿Me escucha? ¿Oiga? ¡Oiga! —La sacudió un poco y consiguió que levantara la cabeza de la mesa—. Ya ha bebido suficiente por hoy. Váyase a casa.

—Solo quiero un gin tónic.

—Sabe que es imposible. Lleva sangre en la ropa, señora Rosa. ¿Qué le ha pasado? ¿Se ha vuelto a caer?

—Me importa un pito.

—Oiga. Cuando he salido de casa, me ha parecido ver a *las vecinas* delante de su portal. Creo que querían volver a hablar con usted.

—¿Las vecinas? ¿Hablar conmigo? ¿Qué querrán ahora?

La mujer abandonó la silla como buenamente pudo, ayudada por aquel hombre. Jia observaba la escena boquiabierto. Incluso levantó un brazo para despedirse de la clienta. Los dos cruzaron el bar arrastrando los pies y dejando un pequeño rastro de sangre. El hombre no había tocado el café con leche, que todavía humeaba en la barra mientras la pareja se alejaba a paso de tortuga. Ni Jia ni Liang fueron capaces de hacer nada por detenerlos.

Diez minutos después, cuando entraron dos policías en el local, se encontraron a la pareja quieta y en silencio, sentada a la mesa contigua a la del incidente. El agente Martínez les pidió rápidamente explicaciones. ¿Cómo se les podía haber escapado la mujer? ¿Habían visto alguna vez a aquel hombre que había aparecido en el bar y que había *hipnotizado* a la borracha del barrio? ¿No se habían fijado si llevaba algo debajo del abrigo? ¿De qué gravedad pensaban que era la herida? Las preguntas del agente llegaron a ser tan concretas que Jia se armó de valor y le preguntó si conocía a «la señora Rosa».

—¿Hay alguien en el barrio que no conozca su historia? —contestó el agente Martínez mientras sacaba el paquete de tabaco de uno de los múltiples bolsillos de su uniforme, cogía un cigarrillo y lo encendía con arrogancia.

Jia puso cara de circunstancias. Entonces, el policía empezó a contarle la historia de la mujer y de su hijo Sergi. Vivían muy cerca de la Escuela Industrial, a cinco minutos del bar. Los dos solos. Del padre no se sabía nada: no había o se había largado hacía tanto tiempo que nadie esperaba que volviese. Rosa era contable en una pequeña cadena de hoteles. El niño iba a la escuela. Los cursos fueron alternándose con los meses de vacaciones. Dos, seis, nueve años. La mujer celebró los cuarenta sin pareja. El niño cambió la escuela por el instituto. La madre empezó a teñirse el pelo de color cobre. Mientras se le llenaba la cara de granos, el hijo fumaba los primeros cigarrillos y probaba la marihuana; comenzaba a romper el cascarón infantil a marchas forzadas.

—La vida les iba más o menos bien —resumió el policía—. Hasta que, hace dos años, coincidiendo con Navidad, pasó algo gordo. Prepárese, porque seguro que habrá escuchado pocas historias como esta.

Dando largas caladas al cigarrillo, el agente Martínez les explicó que un buen día la señora Rosa había descubierto que Sergi escondía una escopeta dentro del armario. Esa noche se pelearon: el chico aseguraba que un amigo le había pedido que se la guardara unos días y que pronto le devolvería el arma. La madre le había exigido que se deshiciera de ella antes de que acabara la semana. Si no la obedecía, se vería obligada a dejarlo sin su paga mensual. Sergi encajó la amenaza sin quejarse demasiado, asegurando que devolvería la escopeta antes del lunes. Obedeció y se deshizo de ella o eso creyó Rosa, que olvidó el asunto hasta que, al cabo de unos días, cuando fue a poner una lavadora, encontró rastros de sangre en los calzoncillos de su hijo. Cuando lo vio por la noche le preguntó si se encontraba mal y, puesto que Sergi contestó que no, le mostró los calzoncillos sucios. «¿Esto te pasa a menudo?», quiso saber. El chico se puso rojo y se encerró en su habitación.

—Sorprendido, ¿verdad? —dijo el segundo policía, que escuchaba la narración del agente Martínez mascando un chicle sin clemencia—. Espere, espere, que ahora viene lo más fuerte.

Tres días antes de Navidad, Rosa se había decidido a quedar con el encargado de uno de los hoteles de la pequeña cadena en la que llevaba la contabilidad. El hombre iba detrás de ella desde hacía tiempo. Fueron a pasear por el puerto olímpico y la invitó a cenar en un restaurante caro, donde la mayoría de comensales hablaba inglés, alemán, sueco y otros idiomas que ninguno de los dos conocían. Después le propuso de ir a tomar una copa y fue en primera línea de mar, con un whisky con cola medio vacío delante, cuando descubrió sus intenciones acercándosele a los labios con un movimiento rápido, casi furtivo. Ella se dejó dar el primer beso, pero en el transcurso del segundo, se apartó, pidió que su compañero de mesa la disculpara y volvió a casa.

—Tenía un presentimiento —aclaró el segundo policía, guiñándole un ojo a Jia.

—¿Me dejas que acabe? —el agente Martínez levantó una mano para que se callara—. Hay cosas con las que no está bien bromear.

Rosa entró en el piso. Cuando vio que había luz en el cuarto de Sergi, se encerró rápidamente en el baño: se sentía como si hubiese cometido una travesura y necesitaba unos minutos para pensar en una coartada. Aunque no le hizo falta explicar ninguna historia rara. Entró en el cuarto del hijo después de llamarlo un par de veces sin obtener respuesta y lo que allí encontró le hizo perder el conocimiento. Rodeado de una docena de peluches de grandes dimensiones de Papá Noel, su hijo yacía en calzoncillos y con la cabeza reventada. Tenía el cañón de la escopeta todavía metido dentro de la boca y las manos agarradas a la culata. Una veintena de grillos corrían por encima de la cama, liberados de las cajitas en las que los vendían en la tienda de animales: aquel alimento para serpientes y camaleones había pasado a ser el perturbador atrezo de un suicidio espectacular. El suceso había corrido por el vecindario como lo habían hecho aquellos insectos viscosos el día fatídico y, mientras, Rosa, transformada por los vecinos en *señora Rosa* —un trato de deferencia que los distanciaba de ella— se iba hundiendo más y más.

—Es lo más fuerte que ha pasado en el Eixample desde hace mucho tiempo —sentenció el segundo policía: su rostro quería mostrar abatimiento, aunque la pobreza con que se expresaba hacía que cada uno de sus comentarios pareciera una broma.

—Tengan paciencia con la mujer —solicitó el agente Martínez a Jia y Liang antes de encenderse el último cigarrillo—. Es incapaz de hacer daño a nadie. Ahora que se acerca Navidad, las crisis son más fuertes. Vamos a ir a echar un vistazo a su piso. No creo que le haya pasado nada grave, pero vamos a curarnos en salud.

A Jia le habría gustado preguntarle por el hombre que se la había llevado. ¿Qué pintaba en aquella historia? No fue capaz de abrir la boca, tan pasmado lo habían dejado, y cuando se quedó solo con Liang se prepararon dos whiskies con cola bastante cargados y se los tomaron dejando escapar comentarios que temblaban en el ambiente antes de desaparecer. Por un lado, habrían deseado no volver a ver a aquella mujer. Por el otro, les intrigaba saber más detalles de aquellos dos últimos años de decadencia, coronados por la posible autolesión: todavía quedaban rastros de sangre por el suelo del bar.

Dos horas y media más tarde, en el transcurso de las cuales habían limpiado el bar a conciencia, la película de Raj Kapoor acabó y el local se llenó de cinéfilos que mataban el tiempo hasta la próxima sesión. *Phantom of the Paradise*, de Brian de Palma, convocó una cantidad considerable de estudiantes universitarios. Jia y Liang despacharon tres docenas de coca-colas y cervezas en menos de diez minutos. La buena marcha del negocio les hizo olvidarse momentáneamente de la historia de la señora Rosa y su hijo Sergi. Animado por el ruido de las monedas cada vez que Liang abría y cerraba la caja registradora, Jia se repitió que era un hombre afortunado y cerró los ojos unos segundos, saboreando el placer de aquella afirmación.

El bar se vació poco después. Reapareció el desasosiego. Liang dijo que no le apetecía nada ver *¡Qué bello es vivir!* aquella noche. A Jia le pareció razonable. Lo cierto era que a él tampoco le apetecía.

—En la vida real no hay ningún ángel que te haga entrar en razón el día que te quieres suicidar —dijo en mandarín, acordándose de la base argumental de la película: la criatura del más allá que visitaba a James Stewart lo invitaba a observar qué importante era para los demás paseándole por algunos momentos de su biografía.

Jia salió a tomar el aire, pero en lugar de quedarse delante del bar empezó a caminar. Primero parecía desorientado. Entonces descubrió una gota de sangre en el suelo y aceptó que lo que quería era seguir el rastro de la señora hasta perderlo. Caminó dos manzanas y cuando llegó a la calle París giró a la derecha. La Escuela Industrial quedaba delante de la acera por donde perseguía las gotas rojizas. Fue a parar a un portal donde había un rastro más generoso, que seguramente habían pisado las botas del agente Martínez y su acompañante. La señora Rosa vivía allí. Si el portal hubiese estado abierto, habría subido hasta su rellano. Entonces se habría dado media vuelta y habría regresado al bar. Como no fue ese el caso, decidió irse, pero después de unos cuantos pasos volvió la cabeza —por instinto— y levantó la vista hasta los balcones. Dos ancianas lo observaban con atención, refunfuñando algo. Jia notó cómo se le ponía la carne de gallina. Cruzó la calzada y entró en el patio de la Escuela Industrial. Sentado en un banco, dejó pasar unos minutos sin saber muy bien por qué. Desanduvo el camino, todavía bastante aturdido, y mientras entraba en el bar se dio cuenta de que, plantado en la barra, volvía a estar el hombre menudo de calva brillante y mirada curiosa.

—Buenas tardes —le dijo cuando pasó delante de él.

Jia lo saludó asintiendo con la cabeza. A continuación miró a Liang, que preparaba un café con leche un poco desconcertada.

El hombre tosió para llamar la atención de la pareja. Lo consiguió sin demasiado esfuerzo.

—Les pido disculpas por haberme ido sin pagar antes. Me he visto obligado por las circunstancias. Aquella mujer... La señora Rosa... ¿Me comprenden?

Liang se le acercó con el café con leche humeante.

—Tenga —dijo el hombre, dándole un billete de cinco euros—. ¿Será suficiente? Cobre el café con leche de antes y el de ahora, por favor. No me gusta deber nada a nadie.

Jia se colocó delante del fregadero y empezó a lavar tazas y vasos. Liang se puso a limpiar la máquina de café. Mientras, el hombre hojeaba un diario gratuito e iba tomándose el café con leche a pequeños sorbos.

Pasó un cuarto de hora durante el cual entró una pareja —pidieron dos tónicas— y Jia y Liang hicieron un par de expediciones a los lavabos y al almacén. Intercambiaron pocas palabras en mandarín: ella le reprochaba haberse ido sin motivo; él le contestó, en un primer momento y sin éxito, que había salido porque estaba mareado, pero después admitió haber buscado el portal de la *mujer misteriosa*.

—Quisiera saber más cosas de ella —dijo a Liang.

Su respuesta fue breve pero contundente:

—No te servirá de nada.

Habría podido empezar la investigación preguntándole algo al desconocido, pero no se atrevía. Fue el hombre el que habló, poco antes de irse. Dijo que estaba a punto de terminar un libro sobre sus dos vecinas, Amèlia y Concepció. Ellas todavía no sabían nada de su proyecto: era prácticamente un secreto y se lo encontrarían un día en el buzón, en una edición moderna, rústica pero elegante. En él contaba cómo le habían hecho la vida imposible a base de pequeñas mezquindades, hasta que un día se había hartado, había salido a la galería y las había amenazado con un gesto inconfundible y pueril que convertía su mano en una pistola que disparaba. *Bang-bang*. Las mujeres lo habían denunciado. Él, al principio, se lo había tomado a broma. El caso es que había un proceso abierto como una herida vergonzosa: el abogado de la acusación pedía una multa de 30.000 euros y tres años de cárcel. Al cabo de un mes exacto, conocería la sentencia.

Jia escuchó toda la historia sin moverse en absoluto, patidifuso, y finalmente preguntó:

—¿Y la... señora Rosa? ¿Qué tiene ella que ver en todo esto?

—Me temo que ella es la próxima víctima de las vecinas. No hay nada que hacer: son implacables.

El hombre se levantó del taburete y dijo adiós con la mano. Jia y Liang no supieron nunca nada más de él. Ni de él ni de la mujer. Tampoco de las vecinas. Al cabo de tres semanas, traspasaron el bar y abrieron una peluquería muy cerca de la estación del Norte.

Velas y túnicas

«*They were not men who liked to give anything away. Less still did they like anything to be stolen from them.*»
Roald Dahl, *Fantastic Mr. Fox*

Mi padre se ha apuntado a clases de saxo. Nos lo dijo hace un par de meses tras una comida familiar, cuando los invitados ya se habían marchado. Acababa de acompañar a mis abuelos en coche hasta su casa. Mis tíos estaban en la puerta de entrada, con el cigarrillo colgando del labio, y mi otra abuela —viuda desde hace diez años— contemplaba aquella actitud todavía adolescente con cierta reprobación. Mi padre había vuelto justo a tiempo para que pudieran hacer un último comentario político o deportivo. Enseguida surgieron las prisas y se fueron: tenían por delante más de una hora de viaje, ya estaba oscuro, el día siguiente era lunes.

Mi madre se encerró en la cocina, mi hermana en su cuarto y yo me senté en un rincón del sofá, dispuesto a entretenerme con algún periódico. No me pude concentrar: mi padre caminaba arriba y abajo por el salón como una fiera que tantea los límites de la jaula donde la han encerrado. Trajinaba sillas, platos y vasos, pero sobre todo arrastraba la noticia que nos tenía que dar. Arriba y abajo. Abajo y arriba. Lento como una procesión de hormigas que transportan más comida de la necesaria hasta el hormiguero. Tardó casi media hora en convocarnos a todos y anunciarnos, con una solemnidad prácticamente funeraria:

—Quiero aprender a tocar el saxo.

Mi madre tuvo que sonsacarle el resto. Por lo que contó, había visitado tres escuelas de música y se había matriculado en la última de ellas, muy cercana a la casa de mis abuelos. Además, ya tenía apalabrado el instrumento, un saxo tenor de fabricación japonesa.

Los tres lo felicitamos, a pesar de que como mínimo a mi hermana y a mí, como se evidenció en la conversación posterior, nos parecía un desafío que no lo llevaría a ninguna parte.

—No creo que tenga suficiente fuelle, ¡todavía fuma! —se quejó ella.

—¿Qué se supone que tocará si apenas escucha música? —añadí.

Nos hicimos preguntas durante un buen rato, hasta que llegó el momento de sentarnos a la mesa para cenar un poco de pan con jamón y ver el documental de rigor del domingo por la noche. Esa semana tocaba observar de cerca y en profundidad las peculiaridades de la nueva China, el gigante asiático, primera potencia mundial y *gran amenaza* de Occidente, según repetía incansablemente la voz en *off*.

En el transcurso de los dos meses que se había estado preparando para asistir a la primera clase de saxo, mi padre había reducido el consumo de tabaco —y había engordado cinco kilos—, se había comprado el instrumento y había descubierto YouTube. Los días en que estaba de mejor humor liberaba el saxo de la funda, lo montaba, le daba una suave caricia, se lo colgaba sobre el pecho e intentaba tocarlo. Prácticamente no salía ningún sonido. Cuando, por fin, conseguía sacar algo, no era nada más que un alarido atonal, un ruido molesto. Enseguida se cansaba y volvía a guardarlo.

—No quiero molestar a los vecinos —murmuraba, poniendo cara de circunstancias.

Más les molestaría cuando tuviese que empezar a ensayar en serio, comentábamos secretamente mi madre, mi hermana y yo. Entonces, sería inevitable que ensayara porque tendría que hacer los deberes, eso si no quería repetir una y otra vez la lección inicial en la escuela, acompañado de un profesor cada vez más desmotivado. Hacía unos años, yo había vivido una experiencia similar con la guitarra. Las clases eran tan aburridas y tan poco estimulantes que durante todo un curso mi progreso fue anecdótico. Me gustaba más ver cómo mi profesor exhibía su dominio del instrumento que intentar domesticarlo yo: estaba tan lejos de su nivel que tratar de alcanzarlo habría sido absurdo. Acabé abandonando la guitarra el segundo año, que había empezado en la misma precaria situación donde habíamos dejado el primero, atascado en el *si* menor y la segunda escala pentatónica. La experiencia me *regaló* solo un derrame de líquido sinovial que me deformó la mano izquierda para siempre. Al cabo de unos años de haber dejado la música, un médico me recomendó que pasara por el quirófano sin tener en cuenta que mis problemas de cicatrización me dejarían una señal tan o más visible que el bulto que me había aparecido en el dorso de la mano desde aproximadamente la tercera lección.

Cuando comencé las clases, en casa todavía no teníamos tarifa plana de internet. Si queríamos conectarnos, hacía falta enchufar el módem en el lugar que ocupaba el hilo telefónico. Después de unos minutos de espera interminables, el ordenador nos anunciaba que ya podíamos acceder a la red. Mi paso automático era abrir el Napster y empezar a bajarme música, al tiempo que buscaba alguna partitura sencilla e intentaba seguirla rasgando la guitarra. Cantaba mejor que tocaba y eso me desanimaba muchísimo, porque no había educado la voz en ningún sitio. Mi madre aparecía en el despacho al cabo de media hora y me pedía que me desconectara de internet.

—No podemos estar tanto rato sin teléfono. Y, si hay una urgencia, ¿qué?

—Pueden llamar al móvil, ¿no?

—A los abuelos no se les ocurrirá llamar al móvil si tienen algún problema. ¿Tanto te cuesta entenderlo?

Acababa obedeciéndola sin que me hubiera convencido del todo. A veces conseguía despistarla lo suficiente para acabar de descargar aquella canción que tantas ganas tenía de escuchar y que, una vez guardada en la carpeta correspondiente, dejaba de tener la magia del riesgo, de aquella progresión trepidante que me iba acercando a la música en forma de porcentaje: *78%, 84%, 88%, 95%, 99%... File complete.*

Cuando se matriculó a clases de saxo, mi padre ya hacía tiempo que tenía el ADSL contratado y podía bajarse tantas canciones como le apeteciera. El problema era que no sabía qué música concreta tenía que buscar. Entraba en YouTube y se tragaba —indistintamente— vídeos de conciertos memorables y actuaciones de sala *amateur*, felicitaciones de Navidad de diseño extravagante e imágenes estáticas con una canción de Bob Dylan o Stan Getz de fondo. Veía todo lo que encontraba a partir de su búsqueda elemental, que pasó de *sax* a *sax music* y *jazz sax romantic*.

La mayoría de días, cuando regresaba de la universidad, lo encontraba pegado a la pantalla del ordenador. A veces me obligaba a tragarme alguna de aquellas maravillosas interpretaciones mientras yo pensaba que quizá tenía razón la abuela, que todavía le insistía en que buscara trabajo, recomendación que, en principio, no tenía ningún sentido: la empresa lo había prejubilado con una buena indemnización.

Tres semanas antes de asistir a la primera clase, mi padre descubrió un músico japonés que se filmaba tocando versiones en saxo de los Beatles y le compró un disco a través de su página web. *My Favourite Beatles Songs* llegó por mensajero ocho días después de haberlo encargado. Era su primera compra *online* y había leído la letra pequeña tres o cuatro veces, mirando la pantalla con desconfianza. El disco incluía versiones de *She Loves You*, *Drive my Car*, *Lucy in the Sky with Diamonds*, *All my Loving* e, inexplicablemente, *Paperback Writer* y *Octopus's Garden*. Lo escuchaba a diestro y siniestro.

Un día que yo volvía de una clase agónica sobre los fundamentos históricos de la literatura comparada lo encontré sentado en el sofá, con las luces apagadas y la música a todo volumen. Mi padre tenía el saxo colgado del pecho con una cinta —como si meciese un bebé— y movía los dedos arriba y abajo del instrumento para simular que era él quien tocaba *Yesterday*. Detrás del saxo virtuoso del japonés florecía una instrumentación apocalíptica formada por diversas capas de sintetizadores.

Encendí la luz del salón poco antes del estribillo.

—¡Un momento, un momento! —chilló mi padre—. ¡Ahora viene lo mejor!

Lo obedecí. Me tocó aguantar la falsa interpretación de *Yesterday*. Mientras la música sonaba, me concentré en recordar que esa había sido una de las canciones que de pequeño más había odiado de los Beatles. Había llegado a ella a través del disco doble rojo que resumía la primera parte de la trayectoria del grupo. El cambio del optimismo algo irritante de *Ticket to Ride* a la nostalgia rociada de lluvia de *Yesterday* era demasiado abrupto para el niño divertido que una vez fui. Debo de haber escuchado pocas veces esta canción hasta el final: me resultaba demasiado tentador interrumpirla para volver al principio del disco, que arrancaba con *Love Me Do*.

Después de pervertir *Yesterday*, el virtuoso japonés se atrevía con *Michelle*, otro tema cargado de melancolía que ya no escuché. Encerrado en mi cuarto, la flatulencia sonora era tenue y desapareció completamente cuando me encasqueté los auriculares en los oídos y me desintoxiqué con el *69 Love Songs* de los Magnetic Fields.

El día de la primera lección de saxo se acercaba y los nervios de mi padre iban en aumento. Un día, mientras cenábamos los cuatro, dijo que, más adelante, cuando ya dominara el instrumento, le gustaría formar parte de una banda callejera. Se hizo un silencio incómodo. Mi madre se llevó un poco de pescado a la boca. Mi hermana me dedicó una mirada socarrona y le dijo que si no lo cogían en la banda siempre le quedaría la opción de comprarse una cabra e ir de un lado para otro, tocando canciones e invitando al animal a bailar encima de una silla.

—A mí todavía no me hace falta pedir limosna —respondió él.

Nadie dijo nada más durante la cena. Ni siquiera el programa humorístico que daban por la tele camufló el malestar reinante. Después, mientras ayudaba a mi madre a cargar el lavavajillas, me confesó que todo aquello del saxo comenzaba a ser preocupante.

—Debe de pasarse todo el santo día escuchando ese maldito disco del japonés. Se imagina que formará un grupo, que lo cogerán en una orquesta o esa locura de la banda. ¿A ti te parece normal?

Entonces me explicó que un día le había llegado a decir que quería comprarse un amplificador para tocar haciendo *playback* encima de canciones famosas, igual que los músicos que se pasean por los vagones del metro recuperando sin ton ni son 'O *sole mio*, *Bésame mucho*, *Tico-Tico*, *Por qué te vas* y que, de vez en cuando, se atreven con algún delirio reciente, como *Dragostea din tei* y *Ai se eu te pego*.

—¿Cómo va a tocar nada si no ha sido capaz ni de dejar de fumar?

La pregunta de mi madre era razonable, aunque intenté que se diera cuenta de que uno y otro asunto no estaban necesariamente relacionados. El reto de dominar el saxo ocupaba una parte de su cerebro; la adicción al tabaco se escondía en algún otro rincón, oscuro pero, al fin y al cabo, existente. A mí me parecía que, si le dedicaba el tiempo suficiente al instrumento y le resultaba relativamente fácil aprender a tocarlo, mi padre podría conseguir buenos resultados. En mi opinión, el principal problema no era si fumaba sino si sería capaz de ser constante y no dejar que su ambición se diluyera enseguida. Por otra parte, mi madre también fumaba dos o tres cigarrillos al día y nadie la chinchaba.

—No hay casi ningún saxofonista que haya triunfado habiendo empezado a tocar con sesenta años. Quizá es que, en realidad, ni se plantee seriamente aprender —dijo mi madre. Me pareció que lo mejor que podía hacer era callar y dejar que se desahogara—. Entonces, ¿por qué diablos se lía con esto? ¿No podría dedicarse a algo más sencillo?

Cuando se implantó el CD, mi tío —el hermano de mi padre— le regaló dos recopilaciones que salieron en contadas ocasiones del fondo del cajón donde las había guardado: una selección de piezas tocadas con trompeta y otra de saxo. Las adaptaciones eran poco afortunadas, aunque no llegaban a la torpeza del japonés, que convertía el repertorio de los Beatles en vergonzosa música de ascensor. Recuerdo que alguna vez le había oído decir que la trompeta y el saxo eran «instrumentos bonitos» y que, si alguna vez tenía «tiempo suficiente», aprendería a tocarlos. Ese momento había llegado.

—Comprendo que necesita distraerse de alguna manera —continuaba mi madre—. Y es cierto que siempre ha tenido oído. Cuando éramos jóvenes, podía tocar la canción que quisieras con la armónica y con aquella flauta extraña que todavía tiene en el despacho.

—La melódica.

—Sí. Exacto. La... melódica.

Las sesiones de melódica siempre habían sido poco frecuentes: era aquel objeto extraño, rescatado de una prehistoria en que ni mi hermana ni yo existíamos, que dormitaba en el mismo cajón que la grapadora, las tijeras, los clips y, más adelante, los *post-its*.

—Puede que ahora se esfuerce de verdad, mamá. Nunca se sabe —le dije.

Intentaba no pensar que la aventura del saxo podía ser un pequeño fracaso. Todas las pistas diseminadas a lo largo de los años invitaban a sacar conclusiones negativas. Ni siquiera yo, treinta y cinco años más joven que mi padre, había sido capaz de lograr nada con una opción musical mucho más sencilla: la guitarra había quedado desterrada al fondo de un armario minado de saquitos antipolillas, aunque el recuerdo de haberla tocado —la cicatriz de la mano izquierda— seguía en el mismo sitio de siempre.

Aquella misma noche, mientras mi padre dormitaba en el sofá y mi madre acababa de tender la ropa, mi hermana y yo fuimos hasta el despacho, sacamos el saxo del estuche y lo montamos. Encajar la caña en la boquilla no resultó fácil, pero después de lograrlo intentamos hacer sonar el instrumento. Ninguno de los dos conseguimos sacarle una nota entera, solo media docena de gañidos caritativos. Abandonamos el reto enseguida, con cara de decepción.

—Esto es una mierda —dijo ella.

—Es demasiado difícil.

—Una mierda.

El viernes, antes de la primera clase de mi padre, fui a comer con mis abuelos. Todas las semanas repetíamos el mismo ritual. Ellos me citaban a las dos en punto y a mí me resultaba imposible llegar a la hora porque las clases acababan a la una y media y el trayecto desde la facultad hasta su casa duraba, como mínimo, treinta y cinco minutos. Cuando llamaba al timbre —segundo segunda—, la abuela me advertía de que llegaba tarde antes incluso de interesarse por saber quién llamaba. Siguiendo ese mismo método, había reñido en más de una ocasión al hombre que cobraba «los muertos», la cuota del nicho y el entierro que tanto ella como el abuelo pagaban desde hacía más de cuatro décadas. Habíamos discutido la necesidad de esos pagos en más de una ocasión, pero siempre acababa recibiendo la misma respuesta: a diferencia de aquellos conocidos que habían dejado el féretro y la ceremonia por pagar a la familia, ellos querían abandonar este mundo sin una sola deuda, ni una.

Ese viernes entré en su casa a las dos y diez. Mi abuelo ya se había terminado el primer plato y esperaba con paciencia de tortuga que la abuela liquidara las cuatro patatas hervidas que todavía le quedaban para ir a buscar el segundo.

—Hijo, siempre llegas tarde.

Comimos atentos al telediario. Los minutos deportivos fueron los que más comentarios generaron, al menos por parte de mi abuelo. Durante la única información cultural de todo el programa —una pieza sin texto en la cual se encadenaban imágenes de una exposición de cerámica—, la abuela se levantó ruidosamente de la silla y salió al balcón para coger un poco de fruta. Al pasar, sin querer, le dio un golpe en el brazo a su marido, que catapultó el último bocado de lomo adobado en dirección a las sufridas baldosas del suelo. Como la abuela no se dio cuenta, ni el abuelo ni yo consideramos pertinente confesar el pecado: mientras ella seleccionaba las mandarinas más maduras, recogí el trozo de carne disimuladamente y lo devolví al plato. Tuve que reprimir una mueca de asco cuando el abuelo se lo metió en la boca.

A la hora del café tocaba viajar ochenta años atrás. Las narraciones oscilaban entre la proclamación de la Segunda República y el final de las cartillas de racionamiento en la década de los cincuenta. En medio quedaba una colección de anécdotas que, cuanto más veces repetidas, más informaciones contextuales perdían y se iban centrando en detalles en apariencia poco importantes. El día que entraron las tropas franquistas en Barcelona lo recordaban por los libros escolares que habían quedado en los armarios vacíos al lado de las aulas.

—Los hijos de puta ya no nos los dejaron recuperar jamás —sentenciaba el abuelo.

Para no emocionarse, saltaba a otro fragmento de su vida. Podía hablar de las casas de colonias, de los combates de boxeo en la calle o de la afición al fútbol: fue del Sants hasta que, poco antes de que inauguraran el Camp Nou, apostó por el Barça sin estar convencido del todo del cambio. Si estaba de mal humor, escupía algún recuerdo sobre la policía franquista o sobre los negocios turbios que se hacían para conseguir que la cartilla de racionamiento fuera más generosa.

—Había madres que se dejaban meter mano a cambio de un poco más de comida. Y había hijas que tenían que aguantar cómo sobaban a sus madres. Mientras se las trabajaban, los policías no les quitaban la vista de encima. Habrían preferido la carne joven. Me entiendes, ¿verdad?

Aquel viernes tuve suerte y el abuelo recordó una tarde de principios de la guerra en que fue al cine con su hermano pequeño. A media película comenzaron a sonar las alarmas antiaéreas. Antes de que pudiesen levantarse de las butacas, la sala se quedó completamente a oscuras. Empezaron las carreras. El abuelo avanzaba como podía con el hermano a caballito. Cuando ya estaban en el pasillo, un hombre chocó con ellos y estuvo a punto de derrumbar el castillo de carne, pero no lo logró: ni con el empujón ni con el puñetazo que, justo después, propinó en la cara del enemigo, que solo tenía siete años. Al abuelo le tocó aguantar el guantazo sin la más mínima reacción, ni verbal ni física, y continuó su huida. Hasta que salió no se dio cuenta de que aún cargaba con su hermano pequeño y que, a diferencia de él, lloraba en silencio.

Mi abuela, que en algún momento de la narración había ido a la cocina, regresó murmurando palabras de entusiasmo.

—¡Venid! ¡Venid! —gritó finalmente, cuando ya se había plantado delante de la mesa mientras, con un gesto con la mano, nos obligaba a obedecerla—. Ya han vuelto a empezar, Josep. ¡Otra vez! ¿Me oyes?

—¿A qué te refieres? —preguntó el abuelo, todavía con la cabeza medio aturdida por el recuerdo del puñetazo en el cine.

—Las velas. Las túnicas. ¡Los vecinos!

De camino a la cocina me pusieron al tanto de la última investigación detectivesca de mi abuela. Hacía un par de semanas, una noche, fue a recoger la ropa tendida y vio luz en el primero primera. La ventana de la galería era un mirador privilegiado de una de las habitaciones de los vecinos. Aquel día, en vez de espiar a Antonia hurgándose la nariz o tomando una copita de moscatel sin que Ramón, su marido, se enterara, la vio vestida con una túnica negra y encendiendo unas cuantas velas. Iba distribuyéndolas en puntos estratégicos de la habitación. Mi abuela intuyó que allí estaba pasando algo, apagó la luz de la cocina y se quedó muy quieta, hasta que apareció el marido de la vecina, también con una túnica, y poco después dos desconocidos, vestidos con el mismo uniforme severo y reluciente.

—Entonces se empezaron a oír unos cánticos extraños. ¡En latín! Se me heló la sangre. Fui a buscar a tu abuelo y, cuando conseguí arrancarlo del sillón y llegamos a la galería... Los vecinos se habían quitado las túnicas y estaban en cueros y los desconocidos, todavía vestidos, les pintaban las caras de color rojo.

El ritual no acabó ahí. La música continuaba, acompañada por las voces solemnes de los cuatro participantes y, de vez en cuando, aparecía un cuerpo desnudo cerca de la ventana que cogía una vela y la encendía.

—¿Pasó algo más? —pregunté.

Mi abuela me informó, contrariada, que el marido de Antonia había considerado necesario correr la cortina.

—¿Os vio?

Me aseguró que no. Según su relato de los hechos, el vecino había aislado la habitación por otro motivo:

—Estaba a punto de llegar el espíritu que habían invocado.

Mirábamos por la ventana mientras las palabras de mi abuela iban impregnando el ambiente de una atmósfera sobrenatural. Abajo veíamos una túnica negra doblada encima de una mesa; a su lado, una bolsa con velas. Aguardábamos a que pasara algo más con la vista fija en los dos objetos, acompañados —no sabría precisar con exactitud desde cuándo— por los jadeos inquietos de mi abuelo, que había escuchado el relato inclinando la cabeza afirmativamente muy de vez en cuando.

El espíritu había llegado la noche del ritual y todavía estaba cerca de nosotros, encerrado en el primero primera. Mi abuela aseguraba que tenía que ser liberado y volver al mundo de los muertos cuanto antes.

—Ahora ya podemos estar tranquilos —continuó—. Esta noche lo mandarán de regreso a casa.

Hizo una pausa dramática para dedicarnos una mirada fija y penetrante: primero a mi abuelo, luego a mí.

—Tenía miedo de que lo hubieran llamado para que se llevara a uno de nosotros.

Ayer era lunes. Dejábamos atrás un fin de semana mediocre: mis padres solo habían salido de casa para ir a comprar al mercado y al súper; mi hermana apenas había abandonado la madriguera de su cuarto, enamorada de un canadiense con quien charlaba incansablemente a través de Skype; yo me había pasado día y noche reescribiendo un cuento que no acababa de convencerme y que había dado por perdido el domingo por la noche, poco después de que el Barça marcara el tercer gol y un coro de voces lo proclamase a gritos. Manifestaciones así de primitivas me llevaban a desconfiar del posible influjo de la literatura, condenada a un papel residual en un mundo dominado por la euforia deportiva.

Cuando me levanté hacia las ocho y media, tuve que esperar a que mi padre saliera de la ducha. Discutimos, pero acabó ganando él, porque la lección de saxo empezaba a las nueve y mis clases media hora más tarde. Llegué a la facultad justo a tiempo, pero el profesor de crítica literaria aún tardó veinte minutos que aprovechamos para ir a buscar cafés con leche al bar del sótano. El camarero tartamudo nos entretuvo un poco con sus problemas conyugales. Desde que nos habíamos decidido a darle conversación —para reírnos de su defecto, pero también porque nos inspiraba cierta ternura—, el hombre había comenzado a explicarnos su vida: el día que decidió que ya había exprimido suficiente el pasado, pasó a ocuparse de su presente sentimental, turbio y sin esperanza.

La jornada se fue consumiendo sin otro aliciente que el de la rutina. En clase, mientras engullía nociones básicas sobre formalismo ruso, no pensé ni una sola vez en mi padre y el saxo. Después de crítica literaria tuve que dejar las aulas polvorientas y carcomidas de la vieja facultad para adentrarme en el terreno despersonalizado de las nuevas instalaciones. Allí tenía clase de dos asignaturas opcionales de filología: la primera recordaba las viejas glorias contraculturales de las letras norteamericanas; la segunda se estructuraba alrededor de la esplendorosa producción literaria catalana del exilio, pero todos los textos que comentábamos daban una angustiosa sensación de restos de serie. La profesora, que se había roto el brazo hacía dos meses, huía de las buenas novelas para fijarse en aquellas «perlas» que habían pasado desapercibidas durante décadas. Los estudiantes no sabíamos valorar aquel esfuerzo arqueológico, entre otras razones porque ninguno de nosotros había leído todavía los libros canónicos. Aprobaríamos la asignatura sin leer ni una sola línea de Joan Sales, Mercè Rodoreda, Pere Calders y Joaquim Amat-Piniella.

Después de las dosis de decrepitud académica del día, tocaba comer. Salí de la facultad con un compañero de clase y nos paseamos por los restaurantes de la calle Diputación, comparando los menús que ofrecían. Estábamos a punto de jugarnos a cara o cruz si íbamos al japonés o nos atrevíamos con la opción india —siempre demasiado picante— cuando sonó mi móvil. Antes de descolgarlo observé, sorprendido, que me llamaba mi padre.

No me dio tiempo ni a saludarlo. Me hizo saber que mi abuelo se había caído (*¿Caído? ¿Cómo?*) y que se lo habían llevado en ambulancia (*¿En ambulancia?*) al Clínico (*¿Cuánto hace que estáis allí?*). Me pidió que fuera: acababa de avisar a mi madre, que ya había salido del trabajo, y a continuación llamaría a mi hermana.

—Déjalo. Ya lo haré yo —le prometí.

—No tardéis mucho en venir. La cosa es urgente. Quiero decir que es... es grave.

Me fui corriendo al hospital. En el primer semáforo rojo que encontré hablé con mi hermana. Mi madre estaba a punto de recogerla. Le pregunté si sabía exactamente qué le había pasado al abuelo y primero me dijo que no, pero que debía de ser peor de lo que nos imaginábamos, porque nuestros padres prefieren ahorrarnos las malas noticias: solo nos enteramos cuando son muy malas o irrevocables. Insistí un poco y a ella se le escapó una confesión terrible:

—Dicen que ha sufrido un ataque.

—¿Un ataque? A mí me han dicho que se ha caído.

—Un infarto.

Colgué el teléfono antes de confirmar que mi hermana estaba a punto de llorar.

El *sprint* duró un poco más de diez minutos, pero no recuerdo nada del trayecto y tampoco puedo recomponer la cara de la recepcionista que me explicó cómo podía llegar a urgencias; de allá me mandaron a la planta donde se ocupan de la cirugía cardiovascular. Lo primero que vi cuando entré como un poseso en la sala contigua a los quirófanos fue el estuche de saxo de mi padre, abandonado en el suelo. A su lado reconocí las piernas de mi abuela y las de mi madre. Reseguí visualmente sus figuras mientras me acercaba rápidamente a ellas. Antes incluso de saludarme me confirmaron que el abuelo había sufrido un infarto y que tenían que operarlo a corazón abierto.

—Deben de estar a punto de empezar —dijo mi abuela—. El médico ha venido a buscar a tu padre ahora mismo. Está explicándole todos los detalles.

—¿Y cómo ha sido? ¿Cuándo se ha empezado a sentir mal?

La abuela se sentó en la silla y se tapó los ojos con un pañuelo, gesto que reprimió el llanto durante muy pocos segundos. Mientras, mi madre me pedía que no dijera nada llevándose un dedo a los labios.

Estuvimos un buen rato sin decir nada. En algún momento apareció mi hermana —que se había encerrado en el lavabo para desahogarse tranquilamente— y se sentó al lado de nuestra abuela. Era imposible no reconocer, todavía sin abrir la boca, que una y otra se pare-

cían: era la primera vez que me daba cuenta de ese vínculo inquietante y desolador. Mi hermana también sería
una anciana algún día y con suerte tendría una nieta a
quien, en circunstancias desesperadas, le temblaría la
barbilla de la misma forma y se le marcarían dos hoyue-
los idénticos en las mejillas.

Mi madre se agachó para recoger el estuche de saxo
del suelo y me dijo:

—Ven. Vamos a guardarlo en el coche.

Caminamos hasta el aparcamiento mientras ella re-
construía lo que la abuela y mi padre le habían contado.
Aquella mañana, mi abuelo no había querido salir de
casa para ir al médico. Siempre que montaba «una pata-
leta de estas» —así lo dijo mi madre—, mi abuela acababa peleándose con él. Normalmente le recriminaba
que pudiese llegar a abandonarse tanto y que no hiciese
nada para *animarse*. Si su discurso recibía alguna respuesta atacaba con bombas de efecto retardado: le reprochaba que nunca hubiesen ido de viaje y que siempre
hubiese tenido aquella *obsesión inútil por ahorrar*.

—¿Te llevarás acaso los ahorros a la tumba? —le había oído gritar en más de una ocasión.

Aquella mañana, a diferencia de otros días, mi abuelo
aguantó el chaparrón y no se movió del sillón donde se
sentaba desde que acababan de desayunar. Su intención
era quedarse en casa. Por una vez estaba decidido a conseguirlo.

—Se ve que le ha dicho a la abuela: «Cuando te vayas
a comprar, me tiraré por el balcón» —continuó mi madre—. Ella lo ha desafiado a hacerlo, así me lo ha contado tu padre. Entonces, el abuelo se ha levantado del
sillón, ha dado dos pasos y se ha desplomado.

—No me lo puedo creer.

—Ha ido así.

—¿Y entonces?

Mi abuela había intentado que volviera en sí, pero no había habido forma de conseguirlo. Había bajado corriendo a la calle, pidiendo ayuda a gritos. Tres hombres y una mujer le habían hecho caso enseguida y habían subido al piso. Quizá porque eran desconocidos, cuando se arrodillaron al lado de mi abuelo, especulando en voz alta sobre qué le podía pasar, él había abierto los ojos. Sin decir nada, se había llevado ambas manos al pecho y había empezado a jadear.

—¡Un infarto! ¡Un infarto! —había gritado uno de los hombres.

Otro había llamado al servicio de urgencias, que se había presentado en cinco minutos. Mientras, mi abuela se había quedado acurrucada en la butaca. No había pensado en llamar a mi padre hasta llegar al hospital, pero él no había cogido el móvil a la primera porque estaba en la academia de música y todavía no sabía que allí dentro no tenía cobertura.

Al final de su primera clase de saxo, mi padre se quedó unos minutos hablando con el profesor. Le alegró saber que había formado parte de aquella orquesta que había tocado los últimos cinco años en la fiesta mayor de Sant Pol, el pueblo en el que hemos veraneado toda la vida. No creo que le contara que mi madre casi tenía que llevarlo a rastras hasta la carpa como si de un niño que tiene que ir al dentista se tratara y tampoco debió de confesar que cada verano se quedaban menos rato:

me resulta imposible precisarlo, pero es factible que esa misma *maravilla* que ayer mismo mi padre ensalzaba hubiese sido motivo de alguna disputa conyugal. Las cosas habían cambiado tanto en los últimos meses que mi padre ya se imaginaba tocando, pasado un tiempo prudencial, en la misma orquesta que el profesor, tal como me explicaría más tarde en la sala de espera de urgencias del Clínico. Una noche de verano irían a actuar a Sant Pol y los compañeros de escenario le dejarían hacer algún solo más de la cuenta porque ante él tendría a familiares, amigos y conocidos que se quedarían de una pieza cuando lo vieran convertido en un virtuoso saxofonista.

El día de la lección inaugural aprendió a montar el instrumento, dibujó por primera vez la escala básica de notas sobre una partitura y se llevó una fotocopia que le explicaba cómo reproducirla con el instrumento. Durante la clase había conseguido hacer sonar dos notas: el *sol* y el *la*. Se moría de ganas de llegar a casa, coger el saxo y continuar trabajando. El profesor le había puesto deberes. No muchos, porque aquella primera semana la prioridad era familiarizarse con el instrumento.

—Tocar bien el saxo tenor es complicado, pero no imposible. En música lo más importante es persistir —le había prometido el profesor—. Dedicarle todos los días un cuarto de hora es mejor que pasarse una hora el sábado y olvidarse el resto de la semana.

Mi madre guardó el estuche en el maletero del coche. Antes de volver al hospital encendió un cigarrillo. La observé mientras fumaba en silencio. No hablé ni siquiera cuando el vigilante se acercó y, con poca educación, le exigió:

—Apague el pitillo.

Ella obedeció sin quejarse, puede que hasta un poco avergonzada.

Entonces volvimos a salir a la calle. Pasamos por delante de dos restaurantes y el olor a comida despertó mis tripas: no había tomado nada desde el café con leche previo a la clase de crítica literaria.

—¿Tienes hambre? —me preguntó mi madre—. ¿Por qué no te vas a comer algo con tu hermana?

Veinte minutos después mi hermana y yo teníamos el primer plato de un menú vietnamita delante. Tras la sopa agridulce llegó el pollo con almendras y un bol de arroz para cada uno. En ningún momento hablamos de nuestro abuelo. Nos reímos un poco imaginando a nuestro padre encima de un escenario, tocando el saxo, con su rostro deformado por luces de colores y con un sombrero bien calado.

—Está condenado al éxito —dijo ella, o quizá fui yo.

Cuando volvimos al hospital, mis padres bajaron a buscar un bocadillo. Mi abuela no quería salir de la sala de espera hasta que no supiese cómo había ido la operación.

—Si os dicen algo, cualquier cosa, avisadnos —dijo mi padre.

Le prometimos que así lo haríamos. Mi abuela, que mientras tuvo a mis padres a su lado no había dicho casi nada, empezó a hablar cuando se quedó sola con nosotros. Nos explicó que en la fila de sillas que teníamos a mano derecha (*No miréis, se darán cuenta de que hablamos de ellos*) había un padre y una madre que tenían un hijo muy enfermo de neumonía (*Pobre niño. Tan pequeño y quizá no se cure*). A continuación, sin transiciones de ningún tipo, pasó a recordar el día de su boda: ella bailó con su padre, que ya se movía con la envarada majestuosidad de los ancianos. Mi abuela dijo que el pasado era un lugar lleno de luz. Mi hermana y yo la escuchábamos en silencio, conscientes de que tarde o temprano tendríamos que empezar a enfrentarnos con nuestros recuerdos. Cuando se muriesen, nos vendrían a la cabeza pasajes de nuestra convivencia con ellos: algún banquete memorable —y quizá las comidas habituales, en las que no pasaba nunca nada—; aquel día que nos habían llevado al zoo y aquel otro que hicieron de tripas corazón y se atrevieron a tirarse de cabeza a la piscina; la cabalgata del Día de Reyes, vista desde su balcón, ocupado por familiares lejanos que solamente aparecían una vez al año y que llenaban el piso de olores diferentes, siempre demasiado dulces.

Mi hermana se emocionó cuando nuestra abuela le comenzó a acariciar el pelo. Se levantó y fue al baño para poder llorar de nuevo sin reprimirse. Mi abuela aprovechó para mirarme a los ojos y hacerme la revelación que estaba esperando:

—¿Te acuerdas de lo que te conté sobre los vecinos de abajo, los de las velas y las túnicas?

Moví la cabeza afirmativamente.

—El viernes pasado tenían que echar al espíritu que habían invocado durante aquel ritual.

Le pedí que continuara con un gesto impaciente de la mano.

—Pues no. Me equivocaba. Lo que hicieron el viernes fue mandárnoslo a nuestro piso. Nos estuvo rondando todo el fin de semana y hoy ha decidido llevarse a tu abuelo. ¿Por qué no me escogió a mí? ¿No habría sido mejor? ¿No habría sido más justo?

«Dedicamos a los escritores juicios extrañamente curiosos;
a los buenos se los cree locos, a los malos simplemente bobos.»
ALEXANDER POPE

Desde LIBROS DEL ASTEROIDE queremos agradecerle el tiempo
que ha dedicado a la lectura de *Vente a casa*.
Esperamos que el libro le haya gustado y le animamos
a que, si así ha sido, lo recomiende a otro lector.

Queremos animarle también a que nos visite
en www.librosdelasteroide.com y en www.facebook.com/librosdelasteroide,
donde encontrará información completa y detallada sobre todas nuestras
publicaciones y podrá ponerse en contacto con nosotros
para hacernos llegar sus opiniones y sugerencias.
Le esperamos.